LES PASSE-MURAILLES
Collection dirigée par
Emmanuelle Dugain-Delacomptée

Imaginez un instant vous promener dans le Paris de Zola, croiser Lucien et ses amis journalistes des *Illusions perdues*, puis vous arrêter le soir à l'auberge du Lion d'Or, à Yonville, où dînent les époux Bovary.

Et si cette jeune femme qui se recoiffe dans *Le Déjeuner sur l'herbe* de Manet s'en allait retrouver l'inconnu de la *Danse à la ville* d'Auguste Renoir, avant de s'enfuir par le train de William Turner, nimbé de brume et de fumée ?

Revisiter les mondes immuables des classiques littéraires, entrer dans des tableaux qui s'animeraient soudain, débattre avec des philosophes disparus, s'égarer dans des films ou séries que rien ne destinait à se rencontrer, ou bien simplement évoquer l'influence de ces œuvres sur nos vies, voici ce que vous proposent « Les Passe-Murailles », à travers des romans ou récits à cheval entre rêve et réalité.

Du même auteur

Éloge du présent, poèmes, Pierre-Émile, 1979.

La Princesse de Clèves, la mère et le courtisan, PUF, 1991.

Madame la Cour la Mort, Gallimard, coll. « L'un et l'autre »,1993.

Et qu'un seul soit l'ami, La Boétie, Gallimard, coll. « L'un et l'autre », 1995.

Racine en majesté, Flammarion, 1999.

Le Roi miniature, Gallimard, coll. « L'un et l'autre », 2000.

Je ne serai peintre que pour elle, Gallimard, coll. « L'un et l'autre », 2003.

Chronique de la Fronde, Mémoires de Mme de Motteville, Mercure de France, coll. « Le temps retrouvé », Mercure de France, 2003 (édition et présentation).

Jalousies, roman, Calmann-Lévy, 2004.

La Vie de bureau, roman, Calmann-Lévy, 2006.

Ambroise Paré, la main savante, Gallimard, coll. « L'un et l'autre », 2007.

Langue morte, Bossuet, Gallimard, coll. « L'un et l'autre », 2009.

La Grandeur, Saint-Simon, Gallimard, coll. « L'un et l'autre », 2011. Prix Charles-Oulmont de la Fondation de France 2012, prix Historia 2012, prix Louis-Barthou de l'Académie française 2012. Folio, 2016.

Petit éloge des amoureux du silence, Gallimard, 2011.

Passions, La Princesse de Clèves, Arléa, 2011. Poche, 2012.

Préface du *Discours de la momie et de la licorne* d'Ambroise Paré, Gallimard, coll. « Le promeneur », 2011.

Introduction et commentaire de *La Lettre de Montaigne à son père sur la mort d'Étienne de La Boétie*, Gallimard, coll. « Le promeneur », 2012.

Écrire pour quelqu'un, Gallimard, coll. « L'un et l'autre », 2014.

Adieu Montaigne, Fayard, 2015. Le Livre de Poche, 2017.

L'Art d'être simple, in *Le Bon Air latin*, Fayard, 2016.

Lettre de consolation à un ami écrivain, Robert Laffont, 2016.

Les Affreux, sous pseudonyme, Robert Laffont, 2016.

Le Sacrifice des dames, Robert Laffont, 2017.

« Fermez le ban », in *Les Uns, les autres*, Robert Laffont, 2018.

Notre langue française, Fayard, 2018, grand prix Hervé-Deluen de l'Académie française.

La Bruyère, portraits de nous-mêmes, Robert Laffont, 2019.

Jean-Michel Delacomptée

Cabale à la cour

LES PASSE-MURAILLES
Robert Laffont

ISBN 978-2-221-25029-7
Dépôt légal : janvier 2021
Éditions Robert Laffont - 92, avenue de France 75013 Paris

À Catherine Wallisky,
ma sœur d'alliance

« Tandis que je mettais les fers au feu pour moi-même, je ne perdais point de vue la triste situation de M. le duc d'Orléans. Il était allé de Marly à Paris : ainsi je ne l'avais point vu, et, à Paris, je ne le voyais jamais. Frappé de la profondeur de sa chute, il ne se présenta à moi qu'un seul moyen de le relever, terrible à la vérité, et même dangereux à lui proposer vainement, très difficile à espérer de lui faire prendre, mais qui, tel qu'il était, ne fut pas capable de m'épouvanter : c'était de le séparer d'avec sa maîtresse pour ne la revoir jamais. »

Saint-Simon, *Mémoires*

Château de Versailles, mercredi 1er janvier 1710. Bientôt huit heures. Les croisées laissent passer un jour laiteux. Vue de loin, l'imposante géométrie des façades découpe ses angles droits sur le fond du ciel. En arrière-plan, les ténèbres. Plusieurs appartements sont fortement éclairés. Quand on s'approche, les plafonds peints resplendissent sous les énormes lustres. Ailleurs, les marbres, les statues restent dans l'ombre. Le lever de Louis XIV n'a pas encore eu lieu. Le rituel quotidien se déroulera à huit heures précises, quand Louis Bontemps, le premier valet de chambre, ouvrira les rideaux en velours cramoisi du lit à baldaquin qui dissimulent le roi en chemise et bonnet de nuit. Alors il dira : « Sire, voilà l'heure », et le théâtre commencera.

Louis XIV gouverne le temps, qui gouverne la cour. Rien n'échappe au carcan des formes. Ni le rythme des activités, ni les comportements. Chaque mot, chaque geste s'étudie. Seules les pensées échappent à l'emprise royale, encore n'est-ce pas sûr, tant le décorum et les habitudes pèsent sur les esprits. Tout est réglé d'avance. Les journées se déroulent comme des parchemins. Mécanique des cérémonies où le respect des rangs s'observe à la loupe. L'étiquette commande. Elle n'admet aucune faute, aucun écart. Imprévus tabous. Pour l'instant, même s'il est réveillé, Louis le Grand repose.

Mais déjà, en dehors de sa chambre, la vie a repris. Elle a même débuté avant les premières clartés qui effleurent la neige dans la brume où les jardins disparaissent. Au palais, les nuits sont brèves : on se couche à minuit passé, on se lève aux aurores. Les garçons d'écurie transportent des bottes de foin, les palefreniers, bouchons de paille au poing, frictionnent les chevaux. D'autres valets jettent des viandes aux meutes dans l'enclos du chenil. Des servantes lavent les sols. Les broches tournent dans les cuisines. Les cheminées monumentales brûlent des troncs qui enfument. On a allumé les cierges dans la chapelle où le monarque, à dix heures, se rendra d'un pas solennel, appuyé sur sa canne au pommeau d'or ciselé, pour écouter la messe. Programme immuable à la minute près. Louis XIV, comme Dieu, est une horloge parfaite.

Ce mercredi 1er janvier, avant que le premier valet de chambre Bontemps, fonction remplie de père en fils, ne tire les rideaux du lit, une foule commence à se répandre. S'ébranle un progressif mouvement de grands seigneurs qui se croisent dans les galeries, de dames aux chevelures en cônes auréolés de dentelles, de gentilshommes en gilets brodés de fils d'or, de prélats aux manteaux de soie, de laquais en livrées, de gardes en habits bleus et culottes rouges, de pages en habits galonnés d'argent. Cette multitude fardée de craie et tamponnée de poudre, avec, chez les coquettes, des mouches sur les joues blanches, commence à circuler d'une allure étudiée dans les antichambres, les salons, les couloirs. Une onde mouvante gravit les escaliers, les descend. Cuir souple des bottines, escarpins à bouts pointus, hauts talons rouges à rubans, on se chausse selon son bon plaisir tout en suivant la mode. Spectacle polychrome : c'est un monde fait pour les yeux. Le froissement somptueux des étoffes électrise les mille couleurs des costumes. Scintillement des pierreries, reflets moirés des chausses. Larges chapeaux des courtisans sur les perruques dont les boucles dévalent jusqu'aux épaules, poignets enrobés de manches, torses pris dans des justaucorps étroitement boutonnés. Robes chatoyantes des dames dont les traînes glissent avec langueur sur les parquets qui brillent. Révérences, coups d'œil furtifs, évitements au hasard des rencontres. On se salue, on s'esquive, chacun joue sa partie.

C'est un monde fait aussi pour les oreilles. Chaque jour, du matin au soir, fines conversations, ironie permanente, cascades de rires, gorges qui gloussent, apartés chuchotés dans les embrasures des fenêtres, voix criardes, accents roulants, tons et sons en tous genres. À quoi s'ajoute la passion de la musique, compagne obligée des fêtes où priment les bals et la danse, même si, pour l'heure, les clavecins, les violons, les hautbois se taisent. Dans ce milieu confiné à l'affût des cancans, les rumeurs aiguisent l'imagination. Elles racontent des histoires de poison, de coucheries, de complots, qui se coulent comme des serpents au creux des oreilles avides de les croire.

Le goût et le nez occupent également une place éminente. À chaque repas, on mange, on boit, on ripaille selon les saisons, mais toujours dans une abondance effrénée. Les bouches engouffrent des plâtrées de terrines, de hachis, de gibiers, de poissons, d'oiseaux, en plus des artichauts, asperges, topinambours, des pâtisseries crémeuses, des friandises, des fruits. C'est une jubilation gloutonne qui gonfle les ventres, à l'image du roi malgré ses gencives défoncées et ses chicots branlants, amateur de petits pois qu'il rend à pleins pots dans les effluves fumantes de sa chaise percée. Les haleines sentent l'ail et le bouc. Les corps exhalent des bouffées d'ambre gris, de jasmin, de musc. Dans cette société où les humains côtoient les bêtes, on aime palper, flairer, éprouver le concret des choses. À la cour comme partout, les cinq sens fonctionnent avec intensité. L'époque se soûlait de sensations. Sous les apparences policées, on avait le corps animal.

En ce 1er janvier 1710, il est presque huit heures. Peu à peu, le château active son ballet habituel dans l'éclat des chandelles tordu par les courants d'air aux relents de suif où flottent, comme un mirage, les douteuses promesses de l'année nouvelle.

Le givre s'accroche aux vitres que fouette la bise. Les parterres sont gelés, la glace pétrifie les bassins. Dans l'ensemble du royaume, la cruauté de l'hiver provoque un désastre de misères et famines. Un froid moins atroce que l'année précédente, mais qui ronge et torture. La terre a la dureté du roc, les arbres sont des squelettes, le bétail se décharne, les villages se dépeuplent. Une chape de dévastations. Un déluge de malheurs. Charretées de cadavres au quotidien. Deuils en vagues continues. Sur le parvis des églises, les affamés mendient en grappes. Malgré les sermons publics, la charité refuse les mains jointes des pauvres. Les prières s'adressent à un ciel sourd. On grelotte, on tousse, on râle, on agonise. En ville comme dans les campagnes, les fièvres consument les corps dont les chiens errants dévorent les lambeaux. L'hiver est un ogre. Enfants, vieillards, familles entières, la saison infernale décime le passé et l'avenir. Tout manque, la chaleur du soleil, les vivres, l'espérance.

Aux frontières du royaume, les batailles toujours recommencées aggravent l'hécatombe. Depuis neuf ans, la guerre de succession d'Espagne dresse les troupes françaises contre l'Europe coalisée, Autriche, Angleterre, Pays-Bas, Prusse. Neuf ans de victoires et de défaites sans profit. Conquêtes de territoires, trophées éphémères. À force, les combats minent l'énergie. En 1700, Charles II d'Espagne, pitoyable héritier de la maison des

Habsbourg, dynastie consanguine, rejeton paranoïaque, épileptique et avant tout stérile, est mort à trente-neuf ans sans descendance. Son testament désignait le duc d'Anjou, petit-fils de Louis XIV, pour lui succéder à Madrid sous le nom de Philippe V. Un testament aussitôt récusé par les puissances d'Europe, rebelles à une hégémonie française. À peine ouverte, la succession déclenche le conflit. Vieille rivalité entre Habsbourg et Bourbons pour la suprématie continentale. Les peuples sont exténués, les finances à sec. Déchaînés par l'hiver impitoyable, les pillages ravagent les provinces.

Pendant ce temps, à Versailles, la cour s'affaire dans sa bulle, empesée par les sombres humeurs du monarque en fin de règne et sa dévote épouse Mme de Maintenon. Son fils unique, le Grand Dauphin, qu'on appelle Monseigneur, s'étourdit à chasser le loup. Il va avoir cinquante ans. Veuf, il a épousé en secret sa maîtresse qu'il entretient publiquement dans son château de Meudon où il intrigue contre le palais. Chocs de prestige entre princes, conflits de préséance entre dames, jalousies rancunières, luttes de clans en sourdine, coteries qu'agitent les présages de la mort qui plane sur Louis XIV. Elle surviendra cinq ans plus tard. Par cette délivrance se concluront les cinquante-cinq ans du sceptre rivé à sa poigne. Monseigneur n'aura pas son tour. En 1710, il ne lui reste qu'une année à vivre, victime de la variole. Deux de ses trois fils, le duc de Bourgogne et le duc de Berry, vont bientôt disparaître. La variole encore. À Madrid, le duc d'Anjou, Philippe V, leur survivra interminablement, fixé sur son trône pour le plus long règne de la monarchie espagnole.

Exactement huit heures. Le valet de chambre Bontemps tire les rideaux du lit que surmonte un bouquet de plumes d'autruche.

À une portée de fusil, dans son appartement au premier étage de l'aile du Midi, Philippe d'Orléans, neveu de Louis XIV, petit-fils de Louis XIII comme son cousin germain le Grand Dauphin, attend la visite de Louis de Saint-Simon, duc et pair de France.

Ils sont amis.

Philippe d'Orléans mène une vie de libertin. C'est le fils unique de feu Monsieur, frère cadet du roi, qui était un petit ventru brun et pommadé aux souliers comme des échasses, constellé de rubans, de bijoux, plus volubile qu'une pie, gourmand à éclater, sodomite sentimental, brave sous la mitraille et brillant chef d'armée, mais, défiance fraternelle oblige, aux talents bridés par son aîné. Les cadets se transforment vite en rivaux. Sa mère, Élisabeth-Charlotte de Bavière, princesse palatine, dite Madame, Liselotte pour les intimes, est une massive Allemande au puissant caractère, avec une mine de grognard, franche comme le fil d'un sabre. Passionnée de spectacles et de chasse, tantôt en habit de cérémonie, tantôt en cavalière, elle se morfond à la cour qu'elle étrille dans des lettres expédiées en liasses à d'illustres correspondants à travers l'Europe, proches parents, têtes couronnées, philosophes.

Philippe d'Orléans possède toutes les qualités de Monsieur, dont le talent pour commander les troupes, sauf que, à la différence de son père, il raffole des femmes, friand de petites danseuses de l'Opéra et de fillettes glanées dans les rues, en plus de sa maîtresse en titre. Sa vie de débauche lui vaut des orages de critiques dont il n'a cure. Son rang, juge-t-il, le protège mieux qu'une cuirasse. De toute façon, il pense qu'il n'aura jamais aucune chance de monter sur le trône, ni de régenter le royaume. Il ignore qu'en septembre 1715, à la mort de son oncle, auront disparu coup sur coup le Grand Dauphin, ses fils le duc de Bourgogne et le duc de Berry, et que le seul héritier direct de Louis XIV encore vivant sera son arrière-petit-fils, Louis XV, trop jeune pour régner. Lequel, d'ailleurs, en 1710, n'est pas encore né.

Le duc de Saint-Simon sait, lui, qu'il veut écrire des Mémoires. Il le sait depuis son adolescence, féru de ce genre d'ouvrages, de généalogies, de livres d'histoire, de tout ce qui touche à la politique. Mais il ne peut deviner qu'il se lancera un beau jour, trente ans après cette année 1710, à l'insu de tout le monde, dans la rédaction du colossal compte rendu qui englobera le règne de Louis le Grand et la Régence. Il mènera au galop l'entreprise, document-maître rédigé en dix ans, interrompu six mois par le décès de Mme de Saint-Simon son épouse chérie, repris à fond malgré le deuil (certains feuillets sont mouillés de larmes), avant qu'on ne découvre le prodigieux manuscrit lors de l'inventaire de ses biens au lendemain de sa mort, empilé dans une caisse en bois sous forme de onze cahiers noués d'un cordon vert, intégralement publié pour la première fois des décennies plus tard comme un tombeau qu'on ouvre.

De cet avenir improbable, le duc d'Orléans et Saint-Simon, en cette journée du Nouvel An où ils vont se revoir, ne connaissent rien.

À peu de chose près, ils ont le même âge, trente-cinq ans l'un, trente-quatre l'autre. Leur amitié remonte à leur prime jeunesse. Puis leurs caractères opposés ont distendu leurs liens, l'esprit de jouissance de Philippe d'Orléans heurtant la morale du sourcilleux Saint-Simon. Celui-ci tient son rang avec une obstination sans faille, seul fils d'un père déjà âgé, depuis longtemps décédé, que Louis XIII avait titré duc et pair pour prix de sa loyauté infrangible, et d'une mère bien-aimée qui habite chez lui avec Mme de Saint-Simon, leurs deux jeunes fils quasi nains et leur fille contrefaite. Saint-Simon mène une carrière de courtisan aux mœurs irréprochables. C'est un seigneur pour qui un prince doit donner l'exemple de la plus haute vertu. À cette aune, le duc d'Orléans ne pouvait que l'indigner. Ensuite ils ont renoué. Et comme, en dépit de leurs goûts antagonistes, leurs caractères s'accordent étonnamment, leur amitié rénovée s'est enrichie d'une confiance qui les a soudés, même s'ils se fréquentent peu.

Vêtu avec simplicité, ou majestueux comme en ce 1er janvier dans son costume de cérémonie, Philippe d'Orléans a noble apparence, avec des imperfections négligeables : petit, rond, le poil noir, la perruque noire, les yeux noirs, myope à confondre un encrier avec une tabatière, bon joueur de paume pourtant, le nez bourbon, la lippe grasse, de grosses joues, le teint rougeaud bruni par ses campagnes militaires, mais des manières infiniment gracieuses, le maintien altier sans rien de rude, l'abord toujours cordial, la voix douce avec des éclats de colère qui s'apaisent pour laisser facilement place au rire.

Saint-Simon, pour sa part, est de si petite taille qu'il a beau hausser la tête dans la foule, on ne le remarque pas. Un coq d'une fierté impétueuse. Chapeau en fourrure de castor feutrée, perruque tirant sur le roux, pourpoint de coton doublé de soie, bas de soie en été, de laine en hiver, talons qui le surélèvent démesurément, dos cambré, débit rapide de voix pointue, regard intense qui tourne comme une toupie, gestes vifs, souvent même fougueux, qu'il sait arrondir à l'occasion. Ayant réponse à tout, rien ne le désarçonne. Il a une conscience aiguë de sa valeur et une idée de son importance qui le placent, selon lui, à des coudées au-dessus des bâtards du roi. On dirait qu'il porte l'univers sous son chapeau et la royauté sur le front.

2

La pendule murale de la chambre du duc d'Orléans indique huit heures dix.

Un huissier s'approche du prince pour lui annoncer à voix basse l'arrivée de Saint-Simon, qu'il a prié de bien vouloir patienter dans le vestibule. D'un pas fluide, presque invisible, l'huissier a traversé la chambre aux sièges tapissés de velours rouge avec, aux fenêtres, des rideaux de damas blanc frangés d'or.

Le duc d'Orléans délaisse les officiers de sa garde avec lesquels il conversait, passe dans son cabinet, le traverse pour gagner son arrière-cabinet tout au fond, qui ouvre sur une galerie. C'est dans cette pièce réservée à ses occupations strictement privées qu'il va recevoir son ami Saint-Simon.

Là, éclairés par la lumière de deux chandeliers en argent fixés aux murs lambrissés, on distingue un plafond en bois sculpté bordé de dorures, un parquet de chêne assidûment ciré, quatre fauteuils à bras et à dos ronds tapissés de brocart grenat, trois chaises à dossier droit tapissées de velours également grenat.

Deux petits tabourets se dressent de part et d'autre d'une table basse où s'encastre un échiquier aux cases blanches en marbre blanc, aux cases noires en marbre noir, aux pions et figurines en ivoire finement ouvragées. Le duc est réputé excellent joueur.

Aux murs, outre les chandeliers et un double rayonnage de livres, un tableau représente un crâne en bois vernis posé sur une nappe jaune entre un crucifix, un masque hilare, un jeu de tarot et un miroir cerclé de fer. En face est accrochée une estampe où, serrée dans un coquillage, une sirène dont la longue chevelure couvre la poitrine nue enlace un chérubin aux griffes de dragon.

Des bûches flambent dans une cheminée de dimension modeste.

L'appartement de la duchesse d'Orléans, fille de Louis XIV et de la marquise de Montespan, naguère accolé à celui de son époux, en est maintenant séparé, signe de leur désunion, par un cabinet exigu occupé par la dame d'honneur de la duchesse.

Après avoir traversé la chambre du prince où les officiers de la garde le saluent, puis le cabinet qu'un lustre illumine, Saint-Simon s'arrête devant la porte de l'arrière-cabinet, avant que le laquais qui l'accompagne ne frappe deux coups brefs.

La tonalité cordiale de la voix qui donne l'ordre d'entrer se reconnaît aussitôt. Saint-Simon remet son chapeau au laquais, raidit les épaules, accentue la cambrure de ses reins, pénètre dans la pièce. Malgré le dynamisme qui habituellement se dégage de lui, son allure trahit de l'embarras. Il s'est contenté de faire savoir au duc qu'il souhaitait lui rendre visite tôt ce mercredi, mais sans en préciser le motif. Il sent peser sur ses épaules une responsabilité qui l'épouvanterait s'il n'avait pas une confiance inébranlable dans la force de ses raisonnements et l'habileté de ses discours.

Fidèle à sa bonhomie coutumière, le duc d'Orléans s'avance, et, souriant, lui tend les bras.

Saint-Simon s'incline avec déférence, se redresse comme un automate.

Après quoi, il reste immobile en considérant le prince d'un air soucieux.

LE DUC D'ORLÉANS — les bras grands ouverts — Enfin, vous voilà de retour !

SAINT-SIMON — Par malheur.

LE DUC D'ORLÉANS — Par malheur ? Eh bien, me revoir vous inspire une joie éclatante !

SAINT-SIMON — Veuillez me pardonner cette réaction, Monsieur, mais comprenez-moi, je viens de passer quatre mois dans mon château de la Ferté-Vidame, à trente lieues de Versailles, sans contraintes et sans maître.

LE DUC D'ORLÉANS — Cet aimable refuge vous manque déjà ?

SAINT-SIMON — J'en suis parti avant-hier. J'ai passé la journée d'hier dans ma maison de Paris, et j'arrive à peine.

LE DUC D'ORLÉANS — Asseyez-vous, vous me semblez rompu.

SAINT-SIMON — Rompu ? Non, glacé. Quel temps de loup ! On se transforme en pierre à courir les chemins depuis l'aube par un froid pareil. Avec Mme de Saint-Simon, nous avons cru geler dans notre carrosse malgré les fourrures. J'ai eu les doigts gourds dans mes gants et les pieds durcis dans mes bottes.

LE DUC D'ORLÉANS, enjoué — Si vous restez planté où vous êtes, vous prendrez racine. Venez près du feu.

Saint-Simon hésite entre les chaises et les fauteuils. Il tâte les dossiers, comme s'il craignait que le rembourrage soit insuffisant. Juché sur ses hauts talons, il se penche avec circonspection, tandis que le duc d'Orléans, serré dans un justaucorps de velours écarlate incrusté de rubis, l'observe, toujours souriant, amusé de son manège.

Saint-Simon choisit enfin le fauteuil le plus éloigné de la cheminée, dans l'endroit le moins éclairé de la pièce.

Le duc d'Orléans, quant à lui, reste debout.

SAINT-SIMON, à mi-voix — Ah, ce terrible Versailles !

LE DUC D'ORLÉANS — Changez de siège, voyons ! Rapprochez-vous de la cheminée. Étendez les jambes. Là, c'est bien. On est mal chauffé dans cet arrière-cabinet. Tant pis, c'est votre faute : discrétion avant tout ! En tête à tête, vous et moi, sans témoin. Mon cabinet serait tout de même plus confortable.

SAINT-SIMON — Oui, mais exposé au tout-venant. Et cet arrière-cabinet est d'un meilleur confort que la chambre qu'on nous prête au château. Une mansarde, un méchant réduit tout juste bon à ranger quelques malles, et pas de cheminée. En y entrant, Mme de Saint-Simon a cru défaillir.

LE DUC D'ORLÉANS — Excellente manière d'expier votre absence ! Quatre mois sans les contraintes de Versailles, j'envie votre liberté, mais loin des délices de Paris, j'en serais tout desséché. C'est mourir avant l'heure !

SAINT-SIMON — Bien au contraire, Monsieur, c'est vivre. L'air est plus pur à la Ferté-Vidame au milieu des forêts. Même aujourd'hui, où les rivières et les étangs sont pris par les glaces. D'ailleurs, j'envisage d'y faire retraite.

LE DUC D'ORLÉANS — Sérieusement ?

SAINT-SIMON — Sans réticences. Ce que j'observe ici depuis tant d'années m'y pousse résolument.

LE DUC D'ORLÉANS, — Vous seriez bien jeune pour vous retirer de la cour !

SAINT-SIMON — Guère plus que vous, Monsieur. À trente-cinq ans, on atteint l'âge des réflexions profondes.

LE DUC D'ORLÉANS — Peut-être, mais moi je périrais d'ennui si j'allais m'enterrer à la campagne. Quatre mois ! Quel homme étrange vous faites ! Vous avez le goût du désert. Méfiez-vous, à s'éloigner de la cour trop longtemps, on perd son crédit.

SAINT-SIMON — Je dirais plutôt qu'on se libère de ce qui nous étouffe. Voyez la foule : elle déborde des galeries, des escaliers, des salons. Vous-même en êtes submergé.

LE DUC D'ORLÉANS — Et comment m'y soustraire ? C'est le Nouvel An. Visites, cérémonies, je dois saluer, accueillir, reconduire. Ainsi demain jeudi, tout comme hier, et le reste de la semaine. Mais venons-en au fait. Vous vouliez me parler.

Il s'assied commodément dans un fauteuil proche de celui de Saint-Simon, qui dénoue lentement sa cape de velours bleu nuit bordée de fourrure blanche.

Un ange passe.

Le prince tisonne un instant les braises, puis dévisage Saint-Simon, déconcerté par son silence. Celui-ci remue sur son siège comme s'il avait du mal à trouver la bonne position.

C'est qu'en réalité il n'a pas quitté son château de la Ferté-Vidame pour venir à Versailles rencontrer Philippe d'Orléans, mais pour obtenir une audience du monarque. Objectif presque inaccessible. Il compte y parvenir par l'entremise de Georges Mareschal, premier chirurgien de Louis XIV, qui figure au nombre de ses amis, ayant soigné autrefois son père, le duc de Saint-Simon, avec un dévouement remarquable. Il n'a pas souvent l'occasion de s'entretenir avec Mareschal, homme écrasé par les devoirs de sa charge, mais il a confiance en sa fidélité et en sa discrétion.

Quelques jours avant Noël, il lui a donc adressé un message pour le prier de lui rendre le service dont la nécessité le tourmentait.

Conformément à son espoir, Mareschal lui a fait répondre qu'il parlerait au roi, tout en l'invitant à venir le voir la veille du Nouvel An à Paris dans son hôtel particulier pour en discuter librement.

Aussi, peu après avoir quitté son château, Saint-Simon s'était-il rendu chez Mareschal, et lui a-t-il expliqué les tenants et aboutissants de sa requête, dont le premier chirurgien avait, entre-temps, touché un mot au roi. Lequel, encore en chemise dans son lit, s'était étonné de la demande. Il n'avait pas bien saisi ce qui tracassait Saint-Simon et par conséquent ce qu'il attendait d'une audience, si bien que, pressé de se faire examiner comme tous les matins par Guy Fagon son premier médecin et par lui, Mareschal, son premier chirurgien, il avait changé de sujet.

Après avoir reçu de Saint-Simon, en cette journée de mardi, veille du Nouvel An, l'éclaircissement nécessaire, Mareschal lui a promis d'intervenir à nouveau. Mais quoiqu'il soit un confident écouté de Louis XIV, il n'a pu garantir qu'il réussirait, d'autant que, sans l'avouer, la requête lui paraissait manquer de substance. Saint-Simon s'est plaint en effet de diffamations, de racontars, de critiques malveillantes qui, paraît-il, auraient déplu au roi. Rien de bien méchant. Saint-Simon, à son avis, se tourmentait pour pas grand-chose. C'est son caractère. Un homme de cour, un inquiet. Toutefois, comme Mareschal retournait à Versailles dans la soirée, et qu'il verrait Louis XIV le lendemain à son lever et plus tard encore dans la journée, il a certifié à Saint-Simon que s'il obtenait, comme il l'espérait, une réponse ferme avant la fin de la journée, il le lui ferait savoir.

C'est alors que la visite au premier chirurgien a pris un tour inattendu. Comme elle allait se terminer sur cette promesse et qu'il s'apprêtait à se confondre en remerciements, Saint-Simon a reçu de Mareschal une information qui l'a médusé. Il a également été frappé par la façon dont celui-ci a mis l'affaire sur le tapis, rien, au long de leur entretien, ne pouvant annoncer une révélation d'une telle importance. Une information débitée, de surcroît, sur le ton neutre d'un simple observateur, comme s'il s'agissait d'une chose anodine et non d'un événement appelé à un formidable retentissement dans le royaume et, au-delà, dans toute l'Europe.

Saint-Simon s'était déjà levé de son siège pour s'emparer de ses gants, de sa canne et de son chapeau qu'un laquais lui tendait, quand Mareschal, éloignant le laquais d'un signe de tête, l'a prié de se rasseoir. Et là, il lui a confié que le duc d'Orléans faisait l'objet d'une cabale résolue à le perdre. Devant son air stupéfait, il lui a certifié que le duc allait prochainement pâtir du scandale de ses mœurs et qu'il avait tout à redouter, parce qu'il constituait une cible exemplaire. La détermination des gens qui le haïssaient s'était accrue depuis si longtemps qu'elle avait atteint un point de non-retour. Mareschal ignorait qui étaient précisément les auteurs de la cabale et quel en était le fondement exact, il n'avait pas osé questionner le roi à ce sujet, mais le fait ne souffrait aucune ambiguïté.

Abasourdi, Saint-Simon a naturellement voulu obtenir plus de détails. Après avoir hésité, Mareschal lui a fourni ceux qu'il estimait essentiels, sans s'appesantir sur aucun mais sans en omettre aucun non plus. Il a, à titre d'hypothèse, évoqué le nom de très hauts personnages. Puis, ayant eu soin de signaler que, en dehors d'un cercle de gens extrêmement restreint, personne n'était au courant de l'affaire, il a instamment prié Saint-Simon de ne pas dévoiler d'où il tenait ses informations au cas où, par un geste d'amitié compréhensible, et d'ailleurs louable, il déciderait d'avertir le duc d'Orléans du sort terrible qui l'attendait.

Pour écarter toute équivoque, Mareschal, sans se départir de son ton neutre, a répété que non seulement la décision de briser le neveu du roi était prise, mais que les conséquences seraient sans appel. Et comme Saint-Simon l'interrogeait sur les moyens éventuels de secourir le duc, il a précisé que seule pourrait le sauver une grâce accordée par Louis XIV, mais que mieux valait ne pas y songer. Ensuite, il a de nouveau souligné que la situation de Philippe d'Orléans était désespérée, qu'il avait eu tort de se croire tout permis, que personne, même pas lui, ne pouvait impunément se moquer du roi, de Mme de Maintenon, de la religion et de la morale publique, que la sentence serait prononcée sans complaisance et la punition exécutée sans pitié. Qu'il était par conséquent inutile d'imaginer des échappatoires en dehors de celle, très improbable, qu'il lui avait indiquée. Bref, que le duc d'Orléans était condamné, et que le sauver relèverait du miracle.

Voilà ce que Saint-Simon a appris. Il n'a aucune raison de douter de la sincérité de Mareschal, réputé pour sa franchise. Si Louis XIV lui prête toujours une oreille attentive et, autant que possible, lui accorde ce qu'il sollicite, c'est justement parce qu'il se fie aux propos que lui tient son premier chirurgien, à ses informations comme à ses diagnostics et à ses remèdes. Au surplus, Mareschal n'est pas du genre bavard. Ce qu'il profère, il le soupèse. À la précision du praticien il ajoute la concision du bon conseiller, et à la bouche cousue du confident scrupuleux la prudence du courtisan averti.

La nouvelle l'ayant bouleversé, Saint-Simon, dès son retour chez lui, à Paris, dans la maison qu'il y possède, s'est empressé de faire part à sa femme de la cabale dressée contre le duc. Après quoi, bien qu'il en ignorât précisément les auteurs et les raisons complètes, ce qui finalement importait peu, il a affiché une volonté déterminée de trouver une solution. Et là-dessus, sans prendre le temps de souffler, il a établi un ordre de priorités.

Tout d'abord, l'urgence imposait qu'il courût à Versailles le soir-même, ou à défaut le lendemain mercredi dès l'aube, pour avertir le duc d'Orléans de l'attaque apparemment imparable qui le menaçait. Ensuite, qu'il le convainque d'aller se jeter aux genoux de son oncle. Enfin, au cas où ce dernier refuserait de l'entendre, qu'ils conçoivent tous deux une contre-attaque, et cela très vite, eu égard à l'imminence du châtiment prévu.

Tout en décrivant la situation à sa femme qui l'écoutait en replaçant une mèche rebelle dans ses cheveux blonds, Saint-Simon se demandait quelle parade efficace opposer aux visées des ennemis du prince. En théorie, Louis XIV pouvait donc accorder une grâce. Mais comment tabler sur un secours aussi douteux ? Si le duc d'Orléans était d'avance condamné, c'est que le roi, lassé de son comportement, avait abaissé le pouce.

Certes, les capacités de Philippe d'Orléans en matière militaire permettaient d'espérer qu'il saurait inventer une manœuvre efficace pour prendre ses ennemis à revers. Mais, à la réflexion, cette perspective manquait de réalisme. Superbement doué pour commander une armée, Philippe d'Orléans, étranger aux pratiques sournoises de la cour, ne l'était certainement pas pour contrer un complot visant sa personne.

Réfléchissant ainsi à voix haute, Saint-Simon a soudain senti une idée lui germer dans l'esprit. Une idée tout à fait logique compte tenu de ce que Mareschal venait de lui apprendre.

Mme de Saint-Simon était installée sur une bergère proche de la cheminée qui chauffait leur vaste salon sobrement meublé. Occupée à dompter sa mèche, elle ne pipait mot, tandis qu'il cogitait, de plus en plus certain de réussir à préserver le neveu du roi du gouffre ouvert sous ses pieds. Pour lui, il suffisait en définitive de faire preuve d'audace.

Mme de Saint-Simon se taisait toujours, replète dans sa robe de satin de laine rose qui lui serrait la taille. C'est une femme de jugement, vive, spontanée, mais qui ne s'emballe jamais inconsidérément. Aussi, lorsque Saint-Simon a suspendu sa réflexion, lui a-t-elle dit de sa voix apaisante : Mon ami, soyez raisonnable, ne vous mêlez pas de ces intrigues, il n'y a rien de bon à en tirer.

Depuis quinze ans qu'ils sont mariés, elle est habituée à calmer ses ardeurs. Familière de la cour où tout le monde apprécie sa modestie souriante, elle connaît aussi bien que lui les Grands, leurs mérites et leurs vices, les pièges à éviter. Elle l'a donc mis en garde : Soyez prudent. Quand un clan à la cour recherche la ruine d'un autre, tous ceux qui tentent de s'interposer y perdent des deux côtés. Le parti qui se juge en droit d'attaquer s'irrite des obstacles qu'on lui oppose, et celui qui se défend reproche à ses soutiens, s'il est vaincu, de l'avoir mal défendu, ou de l'avoir empêché de vaincre. Dans ces conditions, personne n'est content. Il arrive même que les deux adversaires se réconcilient aux dépens de ceux qui se sont mis en travers, qu'ils rendent responsables du conflit. L'ingratitude est la chose du monde la mieux partagée. Vous devriez le savoir, vous qui élevez la fidélité au-dessus de toutes les vertus et n'en avez jamais reçu aucune récompense.

Saint-Simon lui a rétorqué qu'il y aurait de la lâcheté à se défausser. Il aurait honte d'abandonner son ami aux voies tortueuses d'un coup monté. Un tel choix heurtait sa morale de grand seigneur dont l'histoire offrait tant de magnifiques exemples, à commencer par celui de son propre père qui, au mépris de ses intérêts immédiats, avait soutenu Louis XIII en des temps troublés.

Mon époux, a-t-elle répondu, prendre un risque aussi lourd vous honore, mais je vous le déconseille fermement. Si vous le prenez, je vais trembler pour vous.

Saint-Simon n'a pas contesté la justesse du conseil. Il a reconnu que se mêler d'une affaire aussi grave présentait un risque redoutable. Mais se dérober lui était impossible.

En conséquence, sans tergiverser plus longtemps, il a envoyé à Versailles un domestique prévenir le prince qu'il viendrait le lendemain dès la première heure pour lui parler. Et comme Mme de Saint-Simon tentait encore, avec la sollicitude qui la lui rend si chère, de le détourner de son entreprise, il lui a promis d'user de tous les détours de la diplomatie pour convaincre le duc d'Orléans de suivre ce qu'il préconisait, se déclarant certain de parvenir à le sauver de la chute qui le guettait. Et il l'a affirmé de bonne foi. Car, pendant que Mme de Saint-Simon s'évertuait à le dissuader d'intervenir, l'idée qui lui germait dans l'esprit a pris corps. Une solution évidente, puisqu'il n'y en a pas d'autre. La seule susceptible de réussir, si extraordinaire soit l'acte qui la conditionne.

3

Cessant de remuer dans son fauteuil comme s'il avait enfin trouvé la bonne position, Saint-Simon pointe l'index vers la porte de l'arrière-cabinet derrière laquelle des voix se font entendre. C'est une délégation de notables, des membres du Conseil d'État ou des présidents de Chambre, ou bien des prélats, venus souhaiter la bonne année au neveu du roi.

SAINT-SIMON — Ce défilé de personnalités à accueillir, à flatter, tous ces devoirs à rendre !

LE DUC D'ORLÉANS — C'est mon rôle, je le remplis.

SAINT-SIMON — Rude métier, Monsieur, que le métier de prince.

LE DUC D'ORLÉANS — Il a ses avantages.

SAINT-SIMON — Ses servitudes aussi. Un grand seigneur comme vous a beaucoup d'ennemis.

LE DUC D'ORLÉANS — C'est pourquoi votre retour m'enchante. Sans l'appui d'une longue amitié, on résiste mal au fiel des courtisans. Mais venons-en à votre visite. De quoi voulez-vous m'entretenir ? L'homme que vous m'avez envoyé a insisté pour que je vous reçoive ce matin au chant du coq.

SAINT-SIMON — Je l'avais en effet chargé de se montrer pressant.

LE DUC D'ORLÉANS — Dites-moi tout de même : vous retirer loin de la cour… Pourquoi cette ardeur à vous jeter dans la solitude ? Un appétit forcené de religion ?

SAINT-SIMON — Un dégoût. On clabaude. On me dénigre, on me calomnie. Bien que ce soient des peccadilles, Sa Majesté m'en tient grief.

LE DUC D'ORLÉANS — D'où votre visite. Vous souhaitez que j'intercède en votre faveur.

SAINT-SIMON — Monsieur, cette affaire ne concerne que moi.

LE DUC D'ORLÉANS — Fort bien. Mais quelles peccadilles peuvent vous valoir les griefs de mon oncle ? Croyez-moi, il a d'autres chats à fouetter.

SAINT-SIMON embrassant d'un geste indigné tout l'espace du palais — Mon esprit et mon instruction indisposent. On m'accuse d'en avoir trop. On m'en veut de me refuser aux flatteries dont les courtisans couvrent le roi et ses ministres pour parvenir.

LE DUC D'ORLÉANS — L'opinion que vous avez de votre dignité aigrit forcément les commentaires.

SAINT-SIMON — Ragots de jaloux. On se plaint à votre oncle de l'estime et de l'amitié qu'ont pour moi des personnes qu'il apprécie lui-même. On redoute que ces personnes ne me donnent des ailes qui m'élèvent trop haut.

LE DUC D'ORLÉANS — On vous prend pour un aigle, le grief est flatteur !

SAINT-SIMON — Riez donc. Vous rappelez-vous cette ambassade à Rome dont mes ennemis prétendent que j'affirmais partout qu'elle m'était promise ? Cette calomnie me discrédite. Elle me ravale au rang d'un fanfaron.

LE DUC D'ORLÉANS — Prouver votre innocence me paraît facile.

SAINT-SIMON — Il n'y a aucune preuve à fournir : on me reproche non ce que je fais, mais ce que je suis. Pour ne rien vous cacher, j'espère m'en ouvrir prochainement à Sa Majesté. Je l'ai suppliée de bien vouloir m'accorder la grâce d'une audience particulière.

LE DUC D'ORLÉANS — Bon, voilà le motif de votre présence ici. Il me plaît ! Je vais m'employer à vous satisfaire, comptez sur moi.

SAINT-SIMON — Monsieur, je ne suis pas venu rechercher votre aide.

LE DUC D'ORLÉANS, étonné — À votre choix. Je vous l'accorderais avec joie. Une audience particulière ! Fichtre ! Pour un homme qui n'est pas de ses familiers et qui ne remplit aucune charge à la cour, il s'agit d'un privilège rarement consenti. Mais mon oncle a pour vous de la considération. Il vous recevra, j'en suis convaincu. Et je parierais volontiers ma perruque, mes chausses et mon pourpoint qu'il va vous absoudre.

SAINT-SIMON — Vous en jugez bien plaisamment. Personne ne peut se disculper de fautes qu'il n'a pas commises. Rien n'est plus difficile à prouver que l'innocence.

LE DUC D'ORLÉANS — Si l'innocence était sans remèdes, vous seriez fort à plaindre. Mais je n'ai pas d'inquiétude. Pour plaider votre cause, à quel maître en éloquence recourir, sinon à vous-même ?

SAINT-SIMON — Merci de cette louange, Monsieur.

LE DUC D'ORLÉANS — Croyez-la parfaitement sincère.

SAINT-SIMON — Tant mieux. Elle m'enhardit à vous parler.

LE DUC D'ORLÉANS — Vous enhardit ?

SAINT-SIMON — D'où ce besoin d'un tête-à-tête. J'ai une autre cause que la mienne à plaider. Une cause beaucoup plus grave, beaucoup plus urgente.

LE DUC D'ORLÉANS — Oh oh, vous piquez ma curiosité !

SAINT-SIMON — Aborder l'affaire m'embarrasse.

LE DUC D'ORLÉANS — Allons, pas de coquetteries ! Cette cause me distraira de mon ennui.

Car je crève d'ennui, moi, dans ce palais encroûté de tartufes et de bigots.

SAINT-SIMON — C'est la vôtre.

LE DUC D'ORLÉANS — Comment cela, c'est la mienne ?

SAINT-SIMON — Votre cause.

LE DUC D'ORLÉANS — Curieuse réponse.

SAINT-SIMON — On m'a informé de votre situation. Une tempête se forme à votre insu.

LE DUC D'ORLÉANS — Vous déraisonnez de manière étrange.

SAINT-SIMON — Je fuyais la cour. Vous, Monsieur, elle vous fuit.

LE DUC D'ORLÉANS — La cour me fuit, moi, Philippe d'Orléans ?

SAINT-SIMON — Elle vous fuit, et vous-même la fuyez.

LE DUC D'ORLÉANS — Cette affirmation me désoblige. Je choisis mes séjours sans m'autoriser de personne.

SAINT-SIMON — Fuir n'est pas choisir.

LE DUC D'ORLÉANS — Mais enfin, où m'emmenez-vous ? Si je fuis la cour, c'est pour la raison la plus naturelle, la plus légitime, c'est pour savourer l'amour de ma maîtresse.

SAINT-SIMON — Votre maîtresse, Mme d'Argenton ?

LE DUC D'ORLÉANS — Qui voulez-vous que ce soit ? Le fait est notoire.

SAINT-SIMON — Mme d'Argenton. Pour cette raison, vraiment ? Rien à voir avec votre oncle ?

LE DUC D'ORLÉANS — Évidemment. Quand on a le bonheur d'adorer sa maîtresse et d'en être adoré, la chance de vivre au paradis d'un amour idéal, on en cultive les fleurs, on en respire les parfums, on ne perd pas son temps à se courber sous les ronces de la cour ni à s'écorcher de ses épines.

SAINT-SIMON — Monsieur, veuillez me pardonner si j'insiste, mais il le faut. Est-ce vraiment pour cette seule raison que vous fuyez la cour ?

LE DUC D'ORLÉANS — En connaissez-vous de meilleures ?

Il pose aimablement la question.
Puis s'exprime d'un ton d'évidence.

LE DUC D'ORLÉANS — L'amour de Mme d'Argenton me comble. Avant de la rencontrer, je me livrais à de vains amusements tout en participant aux batailles de mon oncle à travers l'Europe. Et brusquement, tout a changé.

SAINT-SIMON — Je sais cela, Monsieur.

LE DUC D'ORLÉANS — Vous ne savez les choses qu'en surface. Nous ne nous fréquentions plus guère, vous et moi, à cette époque. Vous me teniez rigueur de mes divertissements. Écoutez-moi, et vous comprendrez pourquoi j'agis en toute liberté.

SAINT-SIMON — Moins que vous ne le dites, je le crains.

LE DUC D'ORLÉANS, irrité — Laissez vos craintes où vous les avez prises.

Le duc se lève et, rêveur, contemple les braises dans la cheminée. Il apparaît de dos à Saint-Simon, qui l'écoute en contrôlant mal son impatience. Ses doigts tapotent nerveusement les bras de son fauteuil.

LE DUC D'ORLÉANS, perdu dans ses pensées — Mme d'Argenton s'appelait encore Mlle de Séry. Elle était fille d'honneur auprès de la Princesse Palatine, ma mère. Je ne l'avais jamais vue. Et voilà qu'un matin, au Palais-Royal, je la rencontre. En amour, la rencontre décide de tout. C'est un destin qui vous saisit au cœur. Je revenais d'une nuit de plaisirs où je me revanchais de l'affreux mariage que le roi m'avait imposé.

SAINT-SIMON — Monsieur, vous me l'avez déjà raconté.

LE DUC D'ORLÉANS — C'est à moi que je le raconte. Je ne me lasse jamais de ce souvenir.

SAINT-SIMON — Certains souvenirs sont des prisons.

LE DUC D'ORLÉANS — Et d'autres des évasions. Quel mortel fardeau s'il fallait vivre sans rêver sa vie ! C'était après la messe. Je m'étais appuyé contre un pilier de la chapelle, près du portail, où je me berçais de la lumière tombée des vitraux. Soudain, parmi les filles d'honneur qui sortaient de la chapelle, j'ai distingué un visage qui, d'où j'étais, m'a paru le plus charmant du monde. La jeune personne devisait avec ses compagnes. C'était Mlle de Séry. J'ai attendu qu'elle passe pour parfaitement la voir. Elle m'a dévisagé. Elle était comme elle est toujours, brune et voluptueuse, avec ce regard qui suggère et cette bouche qui réclame.

SAINT-SIMON — Monsieur, ce n'est pas seulement pour l'amour de Mme d'Argenton que la cour vous fuit et que vous la fuyez. Quelle est la vraie raison ?

LE DUC D'ORLÉANS, sèchement — J'en suis navré pour vous, mais vous ignorez ce qu'est le miracle d'une harmonie sublime.

Il s'arrête, soupire :

— Mme d'Argenton n'a pas d'égale. C'est la plus exquise des maîtresses, la plus attentive aux mouvements de mon âme, la plus entendue aux raffinements de l'amour. Si vous saviez avec quelle suavité elle reçoit mes caresses, avec quelle volupté elle se donne, vous sentiriez pourquoi elle vaut pour moi plus que tout, et la cour moins que rien.

SAINT-SIMON — Vous vous exaltez, Monsieur.

Le duc d'Orléans se tourne vers Saint-Simon, puis se rassied, manifestement troublé. Il réfléchit un instant, avant de reprendre son récit d'une voix inquiète, presque douloureuse.

LE DUC D'ORLÉANS — Je vous explique ce qui est. Mme d'Argenton illumine ma vie. À Dieu ne plaise qu'elle cesse de m'aimer ou qu'une maladie l'emporte ! J'en serais dévasté. La cour n'apprécie pas ce genre de bonheur. Elle exige que l'on se contraigne à des apparences. Elle épie, elle cancane, elle juge. Vous fuyez ses commérages et ses calomnies. Moi aussi.

Saint-Simon, observant le duc d'Orléans pris d'exaltation, ne peut s'empêcher de déplorer l'aveuglement où plongent les amours passionnées.

Il y a d'ailleurs quelque chose qui l'étonne chez le duc. C'est que, si ardents soient ses sentiments pour Mme d'Argenton, il continue de se livrer à la débauche avec des demoiselles de l'Opéra et d'humbles tendrons que ses valets ramassent aux abords du Palais-Royal, où il entretient une bande de ruffians et de noceurs sans foi ni loi. Paradoxe insondable : on peut être dépravé jusqu'à l'os, furieusement infidèle à son épouse et même à sa maîtresse, et pourtant aimer celle-ci à la folie.

Quant à l'aveuglement, Saint-Simon ne partage pas l'opinion de sa femme sur Mme d'Argenton.

Sa pudique épouse se fait l'écho des avis désastreux que le public colporte sans rien connaître de la réalité. La malveillance dont se nourrissent les rumeurs jouit d'inventer des monstres. Elle s'excite à peindre sous les couleurs les plus noires des gens que la foule déteste pour une raison ou une autre, sans se soucier des réputations ruinées ni des vies détruites. Ce sale esprit vomit ses venins comme un ivrogne son tord-boyaux. Que Mme d'Argenton ne soit pas une sainte, c'est certain. Elle étale une frénésie de luxe contraire à la décence attendue des dames de qualité, et incompatible avec la morale sévère que Louis XIV impose à la cour sous l'influence de Mme de Maintenon, des dévots qui tiennent le haut du pavé, de sa propre vieillesse, et des malheurs du royaume ravagé de guerres et de misère. Mais Saint-Simon, qui a rencontré Mme d'Argenton, loin de la prendre pour un démon, voit en elle une jolie jeune femme de bonne famille dépourvue de biens, piquante, plaisante, joyeuse et polissonne, douée de charmes assez persuasifs pour ensorceler un prince libertin.

4

SAINT-SIMON, bien installé dans son fauteuil, d'un ton conciliant — Je vous l'accorde volontiers, Monsieur, tous deux nous fuyons la cour. En ce qui me concerne, je vous l'ai dit, j'espère m'en ouvrir bientôt au roi. Mais vous ?

LE DUC D'ORLÉANS — Eh bien quoi, moi ?

SAINT-SIMON — Avec lui, où en êtes-vous ?

LE DUC D'ORLÉANS — Où j'en suis avec le roi ? Quelle question ! Mais… ni bien ni mal.

SAINT-SIMON — Ni bien ni mal, cela me paraît bien vague.

LE DUC D'ORLÉANS — J'avoue que j'ai récemment donné dans mon château de Saint-Cloud une fête où j'ai convié Mme d'Argenton, et qu'elle s'est comportée en hôtesse officielle.

Elle a ébloui le public avec un port de reine dans une robe parsemée d'or et de diamants, ce que mon oncle, naturellement, a trouvé mauvais. Il a boudé quelques jours, et puis cela est passé. Et désormais, je suis avec lui à l'ordinaire.

SAINT-SIMON — À l'ordinaire, vraiment ?

LE DUC D'ORLÉANS. — Tout comme avant, ni mieux ni pire.

SAINT-SIMON — Permettez-moi d'en douter.

LE DUC D'ORLÉANS — Par tous les diables, vous avez le doute chevillé au corps !

SAINT-SIMON — Non, Monsieur. Je suis au regret de vous l'exprimer crûment, mais vous êtes fort mal avec lui.

LE DUC D'ORLÉANS, avec une moue distraite — Peut-être me témoigne-t-il moins d'affection depuis quelque temps.

SAINT-SIMON — C'est peu de le dire. Et comment en irait-il autrement ? Vous délaissez votre épouse Mme la duchesse d'Orléans sans lui marquer le moindre respect.

LE DUC D'ORLÉANS — C'est qu'elle n'en mérite pas.

SAINT-SIMON — Elle s'en montre humiliée. Le roi est son père, il l'aime. En vous affichant de façon ostentatoire avec Mme d'Argenton, vous le blessez durement, si bien qu'il vous bat froid. Vous le prenez à la légère, mais vous avez tort. C'est un vieillard, et son âge avancé aigrit son ressentiment.

LE DUC D'ORLÉANS — Je veux bien l'admettre, cela est fâcheux.

SAINT-SIMON — Fâcheux, le mot est faible.

LE DUC D'ORLÉANS, d'un ton badin — Votre amitié me soutient contre les médisants, mais il ne faudrait pas qu'elle me tyrannise !

SAINT-SIMON — Monsieur, il y a plus grave encore.

LE DUC D'ORLÉANS — Diantre ! À quoi songez-vous ?

SAINT-SIMON — À votre affaire d'Espagne.

LE DUC D'ORLÉANS — Cette affaire ridicule !

SAINT-SIMON — Ridicule, mais d'un péril extrême.

LE DUC D'ORLÉANS — Ridicule, vous dis-je. Je connais le bruit qu'on fait courir. On me soupçonne de vouloir détrôner Philippe V pour usurper sa couronne. Moi, neveu de Louis XIV, je chercherais à remplacer son petit-fils sur le trône d'Espagne. Quelle idée saugrenue ! Mon oncle la croit vraisemblable. Qu'y puis-je ? Rien. Inutile de s'en émouvoir. Il faudra un peu de temps pour tout raccommoder.

SAINT-SIMON — Vous vous trompez, ce n'est pas le genre d'affaire que le temps raccommode. S'il y a des choses que le temps efface, il y en a d'autres qu'il imprime. Et un jour, la foudre s'abat sur le coupable.

LE DUC D'ORLÉANS — La foudre ? Accompagnée d'éclairs et d'orages dans un grondement de tonnerre !

SAINT-SIMON — Monsieur, ne raillez pas. C'est pour la détourner de vous que je suis venu vous retrouver ce matin. J'ai accouru pour vous sauver.

LE DUC D'ORLÉANS — Ah, me sauver ! Rien que cela !

SAINT-SIMON — Vous protéger d'un coup épouvantable.

LE DUC D'ORLÉANS — De quoi au juste me parlez-vous ?

SAINT-SIMON — De votre procès pour haute trahison.

LE DUC D'ORLÉANS — Vous perdez la tête.

SAINT-SIMON — Le procès vous attend, Monsieur.

LE DUC D'ORLÉANS — A-t-on jamais entendu pareilles sornettes !

SAINT-SIMON — La condamnation est déjà fixée. Elle sera prononcée, proclamée, et exécutée.

Tous deux s'observent.
Silence.
Saint-Simon ne cille pas.

LE DUC D'ORLÉANS, le dévisageant — Vous plaisantez.

SAINT-SIMON — Croyez-vous que je plaisanterais sur un tel sujet ? Je ne vous dirai pas comment je le sais ni qui m'a renseigné, mais telle est la volonté du roi.

LE DUC D'ORLÉANS — À cause de mon affaire d'Espagne ?

SAINT-SIMON — Précisément.

LE DUC D'ORLÉANS — Laissez-moi rire.

SAINT-SIMON — Monsieur, il n'est plus temps de rire.

LE DUC D'ORLÉANS — Bah, ces allégations de complot contre le roi d'Espagne reposent sur du néant. C'est cette vieille harpie qui lui aura mis pareille idée en tête.

SAINT-SIMON — En effet, Mme de Maintenon vous en veut à mort.

LE DUC D'ORLÉANS — Pour une simple moquerie !

SAINT-SIMON — Il y a des moqueries qui froissent, et d'autres qui tuent. Elle ne vous a jamais pardonné le trait d'esprit que vous avez décoché contre elle l'an dernier à Madrid.

LE DUC D'ORLÉANS, riant de bon cœur — Et contre la princesse des Ursins, la dame d'honneur de la reine d'Espagne ! Sa gouvernante, sa duègne, la reine effective en vérité. Dites-moi, franchement, n'était-ce pas drôle ?

SAINT-SIMON, souriant malgré lui — Un peu trop pour leurs nerfs sensibles.

LE DUC D'ORLÉANS — Les petites saintes ! Que voulez-vous, la guerre de succession d'Espagne battait son plein, je devais réorganiser notre armée pour prendre Saragosse, la princesse des Ursins aux ordres de la Maintenon me dressait mille obstacles, mes efforts m'épuisaient, avec mes officiers nous dînions gaiement et buvions de même. Qu'ai-je fait de si grave ? J'ai levé mon verre à la santé de ces deux dames !

SAINT-SIMON — Mais en quels termes !

LE DUC D'ORLÉANS, s'esclaffant — Je bois à la santé du con capitaine ! Et je bois à la santé du con lieutenant ! Le con capitaine, celui de la Maintenon, n'était-ce pas louer hautement le con qui a envoûté mon oncle au point d'épouser sa propriétaire ? Et le con lieutenant, n'était-ce pas rendre hommage à celui de sa marionnette, cette intrigante qui abuse de ses charmes pour régner sans partage sur la cour d'Espagne ?

SAINT-SIMON — Oui, à ceci près que la princesse des Ursins a appris votre bon mot dans le quart d'heure, et qu'elle a aussitôt envoyé un courrier à Versailles pour en informer Mme de Maintenon. Laquelle vous hait désormais de toute sa puissance.

LE DUC D'ORLÉANS — Parbleu, je ne la crains pas !

SAINT-SIMON — Préparez-vous à l'amadouer, au moins sur les bords.

LE DUC D'ORLÉANS — Pour rien au monde je n'échangerais mon trait d'esprit contre son amitié. Inutile d'y songer.

SAINT-SIMON — Par vengeance, elle est femme à suivre sa haine jusqu'au fond de l'enfer.

LE DUC D'ORLÉANS — Eh bien, qu'elle aille au diable !

SAINT-SIMON — Monsieur, elle a convaincu le roi de vous condamner. Votre procès s'est décidé en secret. L'annonce en sera faite demain au plus tard. Le scandale public éclatera alors dans toute son horreur.

LE DUC D'ORLÉANS — Qui vous a débité cette fable ?

SAINT-SIMON — Je tiens l'information d'une source absolument sûre. Il m'est interdit de vous la révéler, mais ne doutez pas du fait.

LE DUC D'ORLÉANS — Dites-moi qui vous l'a confiée, nous y verrons plus clair.

SAINT-SIMON — J'ai promis la discrétion la plus entière. Sur l'honneur, je ne peux trahir ma parole.

LE DUC D'ORLÉANS — Même si je m'en désole, je vous approuve.

SAINT-SIMON — Merci, Monsieur.

LE DUC D'ORLÉANS — Et vous prétendez m'éviter ce procès ?

SAINT-SIMON — Exactement.

LE DUC D'ORLÉANS — Soit. Et comment l'éviter ?

SAINT-SIMON — Par le changement du roi envers vous dès aujourd'hui.

LE DUC D'ORLÉANS, les bras au ciel — Accusé de haute trahison !

SAINT-SIMON — C'est en effet l'horrible épreuve qui vous menace.

LE DUC D'ORLÉANS — Pour une simple moquerie !

SAINT-SIMON — Entre autres choses.

LE DUC D'ORLÉANS — Parce que j'ai fâché mon oncle et qu'il a boudé ! Allons, cela n'a aucun sens.

SAINT-SIMON — Cette fâcherie n'est pas la première.

LE DUC D'ORLÉANS — J'en ai l'habitude. Sa longue pratique du trône l'a rendu chatouilleux.

SAINT-SIMON — Les charges contre vous pèsent bien plus lourd que vous ne l'imaginez.

LE DUC D'ORLÉANS — On m'a déjà accusé de tous les vices. Une charge de plus ou de moins, j'ai le dos assez large pour la porter.

SAINT-SIMON — Sauf si son poids vous éreinte.

LE DUC D'ORLÉANS — Et quels sont mes crimes, en plus des chiffons rouges que vous agitez ?

SAINT-SIMON — Peu importe le surplus. Humilier votre épouse qui est fille du roi, vous moquer de Mme de Maintenon qu'il a épousée, comploter contre son petit-fils le roi d'Espagne, tous ces chiffons remuent assez de vent pour vous renverser. Nul besoin d'autres bourrasques.

LE DUC D'ORLÉANS, avec fierté, en se levant d'un coup — Au diable les bourrasques et tout ce que vous voudrez, je tiens solidement sur mes jambes !

SAINT-SIMON — Vous vous flattez, Monsieur. De grâce, retrouvez sans tarder la tendresse de votre oncle. Fiez-vous à mon avertissement. Vous avez jusqu'à ce soir. Dans le cas contraire, votre procès sera lancé demain, et vous serez châtié sans pitié comme comploteur et comme traître.

5

Le duc d'Orléans va et vient dans la pièce. Il marmonne en hochant la tête. Se place devant la cheminée, tisonne distraitement les braises. Recommence à marcher en serrant les poings.

En arrière-fond, un groupe de personnes se fait entendre. Deux coups brefs sont frappés à la porte. Le duc d'Orléans va l'entrebâiller, chuchote un ordre à l'huissier qui referme aussitôt la porte, tandis que le duc reprend ses tours dans la pièce.

Saint-Simon s'est levé lui aussi. Appuyé contre un mur, il se tait tout en observant attentivement le prince.

Celui-ci lui fait brusquement face.

LE DUC D'ORLÉANS — Un procès ! Je sais à quelles turpitudes les cabales sont capables de se livrer, quels fleuves de boue elles ont l'audace de répandre, mais cette fois-ci l'entreprise passe l'entendement. Je ne peux le concevoir.

SAINT-SIMON — Souvent l'inconcevable n'en est pas moins plausible, et parfois réel. Tel est le cas.

LE DUC D'ORLÉANS — Un complot ! Moi ! Haute trahison ! C'est extravagant.

SAINT-SIMON — Mais vrai. Une fois condamné, vous serez exilé dans les profondeurs les plus sauvages du royaume. Plus personne n'aura soin de vous. Plus personne ne vous visitera. Vous remâcherez vos remords dans une solitude plus obscure que celle des moines impatients d'expier leurs péchés par l'exercice d'une piété implacable.

LE DUC D'ORLÉANS — Quel tableau !

SAINT-SIMON — Je l'ai peint sur le vif.

LE DUC D'ORLÉANS — On n'a jamais vu pareille infamie. Pour des bagatelles !

SAINT-SIMON — Ne réduisez pas les charges aux plateaux qui les soutiennent. Si on les entasse, leur poids passe la mesure.

LE DUC D'ORLÉANS — Vous me baragouinez des énigmes.

SAINT-SIMON — Comprenez qu'à un certain moment, une mécanique qui s'est mise en marche poursuit son mouvement jusqu'à son terme.

LE DUC D'ORLÉANS — Encore faudrait-il qu'elle m'atteigne ! Ma naissance m'élève au-dessus du commun. Jamais aucun juge n'a osé flétrir un prince de sang royal.

SAINT-SIMON, sans se départir de son calme — Vous savez pourtant, Monsieur, avec quelle soudaineté la disgrâce renverse ceux qui se croyaient au sommet de leur pouvoir. Ici, personne ne s'attend jamais à sa chute. C'est un mal qui frappe sans prévenir. Rappelez-vous le ministre Fouquet. Son incomparable talent dans le maniement des deniers de l'État, la splendeur de son château de Vaux-le-Vicomte, le nombre et la qualité de ses amis, tout cela fascinait la foule des courtisans. Sitôt monté sur le trône, votre oncle l'a frappé d'un procès aussi brutal qu'injuste. Aucune pitié ne l'a arrêté. En un tour de main, il jette Fouquet à terre. D'un jour sur l'autre, voilà Fouquet arrêté, inculpé, envoyé à Pignerol dans les Alpes moisir dans un cachot sans soupirail et peuplé de rats avec de la paille pour dormir, du pain sec pour dîner et de l'eau puante à boire. Il n'en est jamais sorti et il y est mort fou. Je ne prétends pas que vous subirez le même sort, mais le vôtre ne vaudra guère mieux.

LE DUC D'ORLÉANS — Fouquet s'était outrageusement enrichi en pillant les finances du royaume. Moi, de quoi m'accuser ? D'un complot dont jamais le principe ne m'a traversé l'esprit.

SAINT-SIMON — Je vous crois, mais là n'est pas la question.

LE DUC D'ORLÉANS — Détrôner Philippe V pour usurper sa couronne ! Mon oncle ne peut me charger de ce crime abominable. Ce procès serait absurde. Il n'aura pas lieu.

SAINT-SIMON — Le duc de Lauzun a essuyé le même orage que Fouquet. Pourtant le roi l'aimait. Il l'avait nommé capitaine de la première compagnie de ses gardes, puis lieutenant général des armées. Et du jour au lendemain, pour le châtier d'avoir traité de pute à chien et autres injures Mme de Montespan, il l'a envoyé rejoindre Fouquet à Pignerol où il a croupi dix ans.

LE DUC D'ORLÉANS — Oui, mais Lauzun est une forte tête. Son insolence relève de la folie. Il a osé se cacher sous le lit de mon oncle et de la

Montespan pour surprendre les griefs qu'elle avait contre lui. D'ailleurs, si quelqu'un est au courant de ses frasques, c'est bien vous, puisque ce vieux don Juan a épousé la sœur de votre épouse.

SAINT-SIMON — En effet, il avait soixante ans, et elle quinze. Il rêvait de satisfaire sa concupiscence, elle d'épouser un grand nom, mal leur en a pris, ils enragent de s'être mariés. Mais voulez-vous encore des exemples de disgrâces aussi brutales ?

LE DUC D'ORLÉANS — Assez ! Haute trahison. Il n'y aura ni procès ni disgrâce. Pourquoi pas les galères ? Vous enflez le danger. Et même s'il y a procès, je triompherai de mes ennemis.

SAINT-SIMON — Monsieur, je n'ai pas accouru chez vous sans l'assurance incontestable du sort qui vous attend. Le temps presse. Regagnez dès aujourd'hui l'affection du roi, c'est votre dernière chance.

LE DUC D'ORLÉANS, soudain alarmé — En admettant qu'il en soit ainsi, que faire pour la regagner ?

SAINT-SIMON — Vous connaissez la réponse.

LE DUC D'ORLÉANS — Voyons, comment la connaîtrais-je ?

SAINT-SIMON — Parce que c'est l'unique solution.

LE DUC D'ORLÉANS — Vous parlez de nouveau par énigmes, soyez plus net.

SAINT-SIMON — Je préfèrerais, Monsieur, que vous déduisiez la réponse.

LE DUC D'ORLÉANS — C'est vous qui tenez la lanterne, éclairez-moi le chemin.

SAINT-SIMON — Réfléchissez. Quand la machine s'ébranlera, elle ira jusqu'au bout. Rien ne l'arrêtera. Ainsi va le train de la justice dans ce royaume. Une seule solution. Vous n'avez pas le choix.

LE DUC D'ORLÉANS — La machine ne s'est pas mise en branle. À supposer que ce procès se prépare, j'ai le choix de l'éviter.

SAINT-SIMON — Seulement si vous suivez mon conseil. Pas d'autre issue.

Le duc d'Orléans recommence à marcher dans la pièce, avant de s'immobiliser en se tournant vers Saint-Simon comme s'il l'appelait à l'aide. Malgré son justaucorps incrusté de pierreries et sa perruque noire, il a quelque chose d'un enfant pris en faute.

LE DUC D'ORLÉANS — Le roi me chérit trop pour me foudroyer sans m'écouter. Il s'attendrit facilement. À la mort de mon père, il a pleuré tout un jour.

SAINT-SIMON — C'était son frère. Et il pleure facilement. Il verse plus souvent des larmes que du blé aux pauvres dans cet hiver glacial.

DUC D'ORLÉANS — Vous avez tort, il est équitable. Je saurai lui parler. Face à la vérité, les calomnies s'effondrent.

SAINT-SIMON — Contre les calomnies, la vérité ne vaut rien.

LE DUC D'ORLÉANS — Ma sincérité la rendra évidente.

SAINT-SIMON — Vous vous leurrez, Monsieur. Le ressort est bandé, prêt à se détendre. Votre oncle est outré de colère contre vous. Aucune sincérité ne le fera fléchir.

LE DUC D'ORLÉANS — On ne peut pas me détruire sur de simples soupçons.

SAINT-SIMON — Sous un gouvernement despotique, les soupçons sont des preuves.

LE DUC D'ORLÉANS — Ma bonne foi s'imposera.

SAINT-SIMON — Non, vous avez trop d'ennemis, et des ennemis trop puissants. Tel est l'effrayant pouvoir de la calomnie. L'acide de la rumeur, des clans qui intriguent dans l'ombre. Les attaques anonymes, la haine qui se répand sans limites ni contrôle.

LE DUC D'ORLÉANS — Si vous dites vrai, quelle arme pour se défendre ?

SAINT-SIMON — Aucune. Vous êtes désarmé. Les rumeurs ravagent tout. Le roi vous croit coupable. Même s'il vous écoute, cela ne saurait suffire. Il vous reste un seul moyen de retrouver sa tendresse, d'empêcher votre procès, d'échapper au déshonneur, à l'exil.

Un silence.

SAINT-SIMON — À la ruine.

Le duc d'Orléans se rapproche de la cheminée et contemple les flammes mourantes. Il frissonne comme s'il avait froid. Puis se tourne vers un fauteuil où il s'affale.

Il reste là, défait.

Pendant ce temps, Saint-Simon va se placer dans la partie la moins éclairée de l'arrière-cabinet.

LE DUC D'ORLÉANS, *d'une voix brisée* — Je comprends.

SAINT-SIMON— Une seule échappatoire.

LE DUC D'ORLÉANS — J'ai compris, j'ai compris…

Saint-Simon, appuyé contre le mur, les bras croisés, le fixe du regard. On n'entend que le léger crépitement du feu.

LE DUC D'ORLÉANS — Que me proposez-vous là !

SAINT-SIMON — Votre salut.

LE DUC D'ORLÉANS — Mais à quel prix !

SAINT-SIMON — Celui qu'il faut payer.

LE DUC D'ORLÉANS, *assommé* — Un prix exorbitant.

SAINT-SIMON — Il n'est pas négociable.

6

L'huissier ouvre à nouveau la porte pour chuchoter quelque chose à l'oreille du duc d'Orléans, qui s'est levé, et qui acquiesce sans mot dire.

Saint-Simon continue de le fixer du regard, toujours appuyé contre le mur, les bras toujours croisés.

LE DUC D'ORLÉANS — Attendez-moi ici. Je dois passer dans mon cabinet. Le prince et la princesse de Condé. Ce sera bref.

Resté seul, Saint-Simon se rappelle l'éblouissement que le duc promettait dans son enfance, avant que son précepteur, l'abbé Dubois, un malingre blondasse à la mine chafouine, immoral au dernier degré, dégoulinant de cynisme, vicieux, mielleux, méchant sous ses grimaces, genre de renard guettant une poule, le tout soutenu par un esprit pénétrant et une immense culture, ne pervertisse son éducation et ne l'entraîne vers l'impiété, les orgies, les excès de toutes sortes.

C'est sous la direction de l'abbé Dubois que Philippe d'Orléans s'est formé au latin et un peu au grec, a lu les meilleurs auteurs anciens, étudié la musique, appris à jouer de la flûte, de la viole de gambe, du clavecin, et même à composer. Qu'il s'est éveillé au dessin, à la peinture, s'y est perfectionné, préférant la compagnie des artistes, qu'il a toujours protégés, à celle des gens de condition. Il collectionne les tableaux des plus grands maîtres, Raphaël, Michel-Ange, Rembrandt, Véronèse, Poussin, qui tapissent les murs du Palais-Royal et de son château de Saint-Cloud. Il accumule les objets précieux, argenterie, vaisselle, meubles rares, montres, statues romaines, vases de Chine, qu'il sélectionne avec un discernement digne des plus fins esthètes. Il est devenu le prince le plus savant de la cour. Un connaisseur reconnu dans le domaine des Belles-Lettres, des Beaux-Arts, en politique, en histoire, dans les sciences. Il impressionne même Louis XIV, qui n'a pas le quart de ses connaissances, et qui l'appelle le « docteur de la famille ». Pour l'intellect, le savoir et le goût, il n'a pas son égal.

Mais c'est aussi aux préceptes de l'abbé Dubois qu'il doit son dédain du mariage, son mépris de la religion, son attrait invétéré pour ce qui outrage, pour ce qui souille. Un mépris de la religion cependant plus affecté qu'authentique, traduit par ses piques contre les prêtres, comme par son rejet de façade, mais affirmé haut et fort, des enseignements de l'Évangile. Par pure bravade, il s'est vanté d'avoir lu Rabelais à Noël pendant les trois messes de minuit dans la chapelle de Versailles où il accompagnait le roi. Les germes de l'incroyance nés de son éducation pervertie ont gâté l'adulte. Car il a un excellent fond. Voilà justement le pire, tant de qualités naturelles détournées d'une trajectoire promise aux succès les plus glorieux. Au lieu de quoi, un désœuvrement dont rien ne l'arrache, sinon les outrances de sa vie dissolue. Il souffre d'une apathie chronique, comme un avachissement de l'âme. Pour tuer le temps, il faut toujours qu'il s'active, sautant d'une occupation à une autre sans jamais surmonter la sensation de vacuité qui lui colle à la peau. Lui qui réunit tous les dons n'en fait fructifier aucun.

Sa mère, la princesse Palatine, bien qu'elle l'aime profondément, admirative de ses capacités, ne se méprend pas sur ses failles. Elle le définit joliment par un conte : toutes les fées ayant été conviées à se pencher sur son berceau, elles l'ont doté de mille talents. Mais on a malheureusement oublié d'inviter une vieille fée qu'on ne voyait plus depuis longtemps. Vexée, la vieille fée s'est vengée : elle l'a doté du talent de rendre inutiles tous ceux qu'il a reçus.

Saint-Simon évoque couramment ce conte quand il déplore le détachement de son ami envers les exceptionnelles facilités dont Dieu l'a pourvu.

De là l'ennui lancinant que traîne le prince. Et une forme d'indifférence, satellite de l'apathie qui le plombe, le sentiment qu'il donne que rien ne lui importe, ni ses excès de débauche, ni les occupations moins condamnables auxquelles il se livre, son intérêt pour les sciences par exemple, pour la chimie en particulier. De là également son caractère changeant, les velléités qui le saisissent, les projets qu'il abandonne sans explications, ses volte-face.

Il n'y a qu'une exception à ce comportement, comme s'il s'agissait d'un contrepoids essentiel. C'est sa passion pour Mme d'Argenton. Le bonheur ininterrompu d'un lien enchâssé dans une harmonie qui dure depuis dix ans, un rêve éclos dès l'instant où il l'a aperçue au sortir de la messe, quand elle s'appelait encore Mlle de Séry. Une union irénique, indissoluble, dès qu'elle a surgi des flots ensoleillés qui la baignaient ce matin-là, laissant derrière elle, comme un passé révolu, la pénombre de l'église d'où s'échappaient les accords sacrés que répandait l'orgue. Tout a commencé dans cette apparition. À peine plus âgé qu'elle, l'ayant vite séduite, il l'a initiée aux arcanes du désir. Elle était vierge mais prête à tout apprendre, tandis qu'en mentor accompli, il avait franchi depuis longtemps les bornes de la lubricité la plus déchaînée.

Apparemment c'est étrange, et pourtant, malgré ce qui les sépare, ce n'est pas un complet hasard si, depuis leur enfance, Saint-Simon lui a conservé son affection. La connaissance intime qu'il a de ses qualités contrebalance celle qu'il a de ses faiblesses. Il se sent flatté, aussi, d'entretenir une relation familière avec le neveu du roi. Et il est également fier, autre privilège, d'une distinction que Philippe d'Orléans réserve à un noyau de personnes douées d'un génie singulier. Pas les vauriens dont il s'entoure à Paris, évidemment, mais des lettrés, des musiciens, des peintres, élection exclusive à laquelle Saint-Simon se montre attaché, même si, tourné vers les êtres hantés d'élans mystiques, il n'admire pas plus les artistes que les hommes de science.

Cela étant, il juge inadmissible que le neveu de Louis XIV gâche ses capacités hors pair sans aucun respect des devoirs consubstantiels à son rang. Dieu l'a fait naître pour commander, pas pour cultiver l'amour des arts, ni se vautrer dans les jouissances adultères, les fornications et les nuits de beuveries en compagnie de fripouilles, avec, au terme de ce naufrage, une chute lamentable.

7

L'huissier ouvre la porte de l'arrière-cabinet. Saint-Simon se lève à l'entrée du duc d'Orléans, qui se dirige vers la cheminée, où des braises achèvent de se consumer.

Le duc s'empare du soufflet et l'active. Il semble avoir repris de la vigueur. Puis il s'enfonce dans un fauteuil sans un mot. Saint-Simon s'assied à son tour, resserre frileusement le collet de son pourpoint. Quelques flammes reparaissent. On entend toujours des voix dans le cabinet et un bruit de bottes qui claquent sur le parquet, ceux des officiers de la garde.

SAINT-SIMON — Eh bien, Monsieur, avez-vous songé à notre affaire ?

LE DUC D'ORLÉANS, avec humeur — Naturellement. Mais votre solution me déchire. Elle est d'une cruauté sans nom.

SAINT-SIMON — Moins que le sort qui vous menace.

LE DUC D'ORLÉANS — Je refuse de vous suivre. Advienne que pourra…

SAINT-SIMON — Monsieur, à mon tour de refuser. Je refuse votre défaite.

LE DUC D'ORLÉANS — Refusez tant que vous voudrez.

SAINT-SIMON — L'heure tourne et, au lieu d'avancer, vous reculez.

LE DUC D'ORLÉANS — Cette affaire m'excède. Restons-en là.

SAINT-SIMON — Monsieur, voyez les choses en face ! Toute voie vous est fermée en dehors de celle que je vous ai suggérée. Elle est cruelle, mais c'est la seule.

LE DUC D'ORLÉANS — Ravalez vos discours. Elle est inacceptable.

SAINT-SIMON — Cette solution vous désespère, je le comprends. Pourtant, il fallait bien qu'un jour vous vous sépariez de la femme qui vous tient sous son joug.

LE DUC D'ORLÉANS — Ce terme est impropre et il m'indispose. Mme d'Argenton m'a toujours laissé libre de mes sentiments, comme le sont les siens.

SAINT-SIMON — Monsieur, votre passion vous a jeté dans un précipice. Le jour de vous en délivrer est venu. Rien d'autre ne vous épargnera le déshonneur qui vous détruirait à jamais. Aucun amour n'est à ce prix.

LE DUC D'ORLÉANS — Mon amour n'a pas de prix. Cela vous paraît bizarre, à vous qui menez avec votre épouse une vie si parfaitement réglée, mais je vous l'ai dit, de toutes les femmes que je me félicite d'avoir possédées, sans parler des danseuses, des comédiennes et autres gentilles catins dont je me divertis, aucune n'a jamais approché mon adoration de Mme d'Argenton. Direz-vous qu'elle abuse de l'empire qu'elle a pris sur moi ? Peut-être, puisque je l'ai installée dans un hôtel particulier près du Louvre avant de l'introduire au Palais-Royal, ce dont me blâment les dévots et les professeurs de morale.

SAINT-SIMON — Blâme légitime.

LE DUC D'ORLÉANS — Légitime ! Songez qu'elle m'a donné un fils, et qu'elle a obtenu de moi la terre d'Argenton avec le titre de comtesse.

Comment mon oncle peut-il m'en tenir rigueur ? Il a fait la même chose dans sa jeunesse. Sa pieuse mère Anne d'Autriche s'indignait qu'il confondît les chambres de ses filles d'honneur avec un poulailler où il se glissait la nuit. Il a fallu poser des grilles pour lui en barrer l'accès. Mlle de La Vallières, Mme de Montespan, Mme de Maintenon se sont succédé dans son lit. Combien d'enfants naturels a-t-il conçus ? Toute une nichée. J'avoue une existence plus mouvementée que la sienne. Mais suis-je si coupable qu'il veuille me crucifier ?

SAINT-SIMON — Il est le maître.

LE DUC D'ORLÉANS — D'ailleurs, comment prétendez-vous me sauver par une décision qui pourrait lui plaire, mais qui n'a aucun rapport avec l'affaire d'Espagne ? Depuis mon engagement avec Mme d'Argenton, je me suis parfaitement entendu avec lui. La quitter serait m'ôter l'air que je respire. Ne cherchez pas à me convaincre d'une solution aussi dure. Qui pourrait accepter qu'on lui tranche la gorge pour éviter qu'on ne le pende ?

SAINT-SIMON — Monsieur, vous m'obligez à m'exprimer de façon brutale. En plus de ce qu'on vous reproche, vous avez gravement péché.

LE DUC D'ORLÉANS — De quel crime m'accuse-t-on encore ?

SAINT-SIMON — L'un des pires. Vous avez tenté de communiquer avec le diable pour deviner l'avenir.

Le duc d'Orléans bondit de son fauteuil. Les flammes accentuent son teint rougeaud. Il désigne, comme s'il le prenait à témoin de son innocence, le tableau où un crâne repose sur une nappe jaune entre un crucifix, un masque hilare, un jeu de tarot et un miroir cerclé de fer.

LE DUC D'ORLÉANS — Communiquer avec le diable ! Mais enfin, tout cela n'est qu'un jeu. Une pointe de curiosité. Une simple distraction !

SAINT-SIMON — Vous faites erreur. Ces pratiques de sorcellerie sont vues comme une impiété détestable. Les personnes les mieux disposées à votre égard les jugent comme une maladresse qui vous cause un tort extrême.

LE DUC D'ORLÉANS — Si rechercher dans un miroir ou dans un verre d'eau les signes d'événements futurs relève de la sorcellerie, qu'on me brûle en place de Grève !

SAINT-SIMON — Monsieur, votre insouciance m'effraie. Sachez qu'on vous considère comme un homme tourmenté d'une soif ardente de régner, et qui paraît inspirée par vos exercices de magie. Soyez-en bien convaincu, c'est de là que se tire une partie de votre affaire d'Espagne, et bien d'autres choses encore que je préfère ne pas vous révéler.

LE DUC D'ORLÉANS — Au point où nous en sommes, lâchez la bride.

SAINT-SIMON — Vous me priez de vous exposer une vérité atroce.

LE DUC D'ORLÉANS — J'exige de la connaître.

SAINT-SIMON — Elle est abominable.

LE DUC D'ORLÉANS — Me l'épargner serait m'offenser.

SAINT-SIMON — Puisque vous l'exigez, je vais vous apprendre ce que personne n'a osé vous dire. On raconte que vous conspirez avec la cour de Vienne pour épouser la veuve de Charles II, l'ancien roi d'Espagne. Que son énorme trésor d'argent doit vous permettre de déloger Philippe V pour occuper son trône à Madrid. Et que vous comptez alors répudier votre femme.

LE DUC D'ORLÉANS — Répudier ma femme ? Dans quel but ?

SAINT-SIMON — La rumeur prétend qu'une fois sur le trône d'Espagne, vous ferez casser par le pape votre mariage avec Mme la duchesse comme déshonorant et obtenu sous la pression de votre oncle, et que vous ferez déclarer bâtards vos propres enfants. Puis, comme vous ne pourrez en avoir avec la veuve de Charles II du fait de son âge, on propage que vous attendrez impatiemment sa mort pour épouser Mme d'Argenton, à qui, lors de vos pratiques de magie, les esprits auraient promis une couronne.

LE DUC D'ORLÉANS — Mais de quoi me parlez-vous ?

SAINT-SIMON — De calomnies affreuses qui feront de vous un proscrit, un pestiféré. Je dois même vous apprendre que vous pouvez vous estimer heureux d'avoir conservé Mme la duchesse à travers les dangers de la grossesse et de la couche dont elle vient de se sauver. Car le retour de sa santé fait taire les scélérats qui n'ont pas craint de colporter qu'on l'avait empoisonnée et que vous n'y étiez pas pour rien. Une fois votre femme disparue, vous auriez été en mesure d'épouser votre maîtresse pour l'installer avec vous sur le trône d'Espagne.

LE DUC D'ORLÉANS — Mais c'est épouvantable !

SAINT-SIMON — Je vous avais prévenu.

LE DUC D'ORLÉANS — Quelle horreur que des gens puissent imaginer de pareils forfaits !

SAINT-SIMON — Voilà les infamies dont on vous charge.

LE DUC D'ORLÉANS — Et quelle malice répugnante, quelle stupidité infernale chez ceux qui prêtent l'oreille à de pareilles ignominies et leur langue pour les répandre !

SAINT-SIMON — Maintenant que vous voyez en détail les causes de l'immense éloignement du roi envers vous, vous apercevez le lien qu'il y a entre la rupture avec votre maîtresse et votre salut. En quittant Mme d'Argenton, vous mettez fin aux bruits qui vous accusent de vouloir l'épouser. On passe l'éponge sur vos expériences de magie. L'affaire d'Espagne tombe du même coup, emportant le procès. Place nette.

LE DUC D'ORLÉANS, grondant, poings serrés — C'est me forcer à une reddition sans condition !

SAINT-SIMON — Non, c'est la condition de la victoire.

LE DUC D'ORLÉANS — À la Pyrrhus. Et puis, comment l'expliquerais-je à Mme d'Argenton ?

SAINT-SIMON — Je n'osais pas aborder la façon de procéder, mais cette question est d'importance. Monsieur, je vous supplie d'avoir encore la patience de m'écouter.

LE DUC D'ORLÉANS — J'ignore par quelle faiblesse je vous écoute encore. Parlez donc !

SAINT-SIMON — Il est inutile et dangereux que vous rompiez avec Mme d'Argenton si elle reste à Paris. Dangereux parce qu'il vous serait impossible de ne pas la revoir. Or la revoir et renouer avec elle serait la même chose. Et ce serait inutile parce que, même si vous ne la revoyez pas, supposition difficile à croire, il serait impossible d'en persuader votre oncle, si bien que tout votre effort serait vain.

LE DUC D'ORLÉANS, marchant dans la pièce avec fureur — Mais de quel front m'empêcherait-on de la voir au moins pour rompre ? Si je romps, ce ne sera ni par dégoût, ni parce que je suis mécontent d'elle. Et l'on voudrait m'empêcher de lui annoncer la rupture ?

SAINT-SIMON — Monsieur, si vous êtes résolu à la revoir, le combat est perdu d'avance.

LE DUC D'ORLÉANS — La quitter sans l'en aviser moi-même serait d'une lâcheté insigne.

SAINT-SIMON — Non, cette manière d'agir est la moins désobligeante. Vous craignez de blesser votre maîtresse. Mais c'est l'inverse : ne pas la revoir ne peut que témoigner d'un amour trop redoutable pour s'exposer à revoir celle qui en est l'objet.

LE DUC D'ORLÉANS — Cette casuistique me révolte. Soyez-en sûr : j'aime Mme d'Argenton au-delà de tout, je ne la quitterai jamais. Elle seule me rend la vie désirable.

SAINT-SIMON — Alors le châtiment sera terrible.

LE DUC D'ORLÉANS, lançant à Saint-Simon un regard noir — N'insistez pas. Ma décision ne changera pas.

SAINT-SIMON — Monsieur, il faut que vous alliez trouver le roi. Ne tergiversez plus.

LE DUC D'ORLÉANS — J'exclus de sacrifier Mme d'Argenton. Et personne ne m'y contraindra.

SAINT-SIMON — Soyez raisonnable. Allez parler à votre oncle. Mais aussi soyez prudent. Expliquez-vous avec lui sans lui parler du procès, que vous n'êtes pas censé connaître.

LE DUC D'ORLÉANS — Lui parler de ce procès ! Autant lui offrir le bâton pour me battre.

SAINT-SIMON — Je vous en supplie, suivez mon conseil. Dites-lui que vous allez à lui comme à un refuge contre vous-même. Qu'une passion démesurée à laquelle vous vous étiez abandonné lui a excessivement déplu. Dites-lui que vous ne pouvez plus vivre dans sa disgrâce.

LE DUC D'ORLÉANS — Me croyez-vous capable d'un mensonge aussi piteux ?

SAINT-SIMON — Ce n'est qu'un moyen nécessaire. Soulignez que vous vous jetez entre ses bras pour qu'il vous pardonne les déplaisirs que vos désordres lui ont causés. Implorez-le qu'il vous aide à vous arracher d'un attachement que vous ne pouvez rompre de votre seule volonté. Demandez-lui de profiter de cet instant où une lueur de raison vous a saisi, et d'ordonner à Mme d'Argenton de quitter immédiatement Paris.

LE DUC D'ORLÉANS — Mais c'est odieux !

SAINT-SIMON — Laissez-moi ajouter ceci : en parlant de la sorte à un oncle qui vous a tendrement aimé, à un beau-père outré du malheur de sa fille et qui par ce moyen en verrait la fin, à un homme qui a connu des amours passionnées dans sa jeunesse, en lui parlant ainsi vous le toucherez tellement qu'il deviendra aussitôt pour vous le père de l'Enfant prodigue.

LE DUC D'ORLÉANS — Je vous trouve bien péremptoire. Qu'en savez-vous ?

SAINT-SIMON — Ce que j'en sais, c'est qu'une des choses qui le blessent le plus dans l'affaire d'Espagne, c'est l'affection qu'il vous a toujours témoignée et qu'il avait espérée réciproque grâce à un air de liberté que vous preniez avec lui. Je sais aussi que le dépit de se voir trompé dans une pensée aussi douce l'a si horriblement piqué contre vous qu'il s'en est ouvert à Mme de Maintenon, que les lèvres lui en tremblaient de colère, et qu'il lui en a parlé comme d'un malheur terriblement douloureux.

LE DUC D'ORLÉANS, éberlué — Mais comment pourrais-je l'assurer d'une affection que je ne lui ai jamais rendue ? Il m'a toujours lésé. Et, de son côté, comment pourrait-il me rendre la sienne ?

SAINT-SIMON — Écoutez-moi : un recours tendre et confiant aura la force de faire renaître en lui ses premiers sentiments pour vous. Il se trouvera flatté de voir son neveu se jeter entre ses bras pour se délivrer d'un lien qu'il n'a pas la force de briser lui-même. Avec ce retour si satisfaisant pour son amour-propre, il se souviendra que le sacrifice de Mme d'Argenton se sera fait uniquement pour lui.

LE DUC D'ORLÉANS — Mais enfin, à quoi bon cette comédie ?

SAINT-SIMON — De ces dispositions favorables naîtra spontanément en lui l'opinion que toutes les fautes, les imputations de sorcellerie et, finalement, l'affaire d'Espagne, que tout cela ne constitue que les effets de votre passion pour votre maîtresse. Et la violence de votre passion lui sera prouvée par la manière de vous en arracher, ce qui le flattera encore.

LE DUC D'ORLÉANS, se dressant de toute sa taille — Comment ! Vous voulez que je charge

Mme d'Argenton de toute l'iniquité qu'on m'a imputée, et que je m'en sorte à ses dépens ? Ne serait-ce pas assez de rompre, sans avoir en plus l'impudence de l'incriminer ? Outre que ce serait injustement pour ce qui concerne l'affaire d'Espagne, à laquelle elle n'a pris aucune part. Pardonnez-moi si je vous le dis, mais je m'étonne que ce soit vous qui m'ouvriez une telle porte.

SAINT-SIMON — L'amour vous égare, Monsieur. Voulez-vous bien encore m'écouter ?

LE DUC D'ORLÉANS — Ces finasseries me dégoûtent. Il n'est pas question que je cède à un procédé pareil.

SAINT-SIMON — Monsieur, écoutez-moi. Vous pensez que je veux faire de votre maîtresse un bouc émissaire, et vous vous en indignez comme d'une proposition infamante. Je n'ai pas à m'en défendre, car ce n'est pas mon dessein.

LE DUC D'ORLÉANS — On le dirait pourtant.

SAINT-SIMON — Laissez-moi poursuivre.

LE DUC D'ORLÉANS — Non, votre proposition ne saurait me convenir. Elle ajoute la cruauté de la rupture à celle du bannissement et la lâcheté de l'excuse à la bassesse du mensonge.

D'ailleurs, dans cette hypothèse, que deviendrait Mme d'Argenton ?

SAINT-SIMON — Vous craignez de lui faire du mal. Je le comprends. Mais cette appréhension est injustifiée. Séparée d'avec vous et hors de Paris, je ne vois pas ce qui pourrait lui arriver de fâcheux. Vous pourvoirez à l'aisance de sa vie, sans compter l'immense fortune que vous lui avez déjà offerte. La fin de votre relation ne doit pas entraîner celle de votre protection. Le roi a lui-même été trop amoureux pour se montrer choqué de telles attentions.

LE DUC D'ORLÉANS — Et quel rapport établirais-je avec l'affaire d'Espagne, où Mme d'Argenton n'a joué aucun rôle ?

SAINT-SIMON — Vous n'en direz pas un mot.

LE DUC D'ORLÉANS — Comment cela, pas un mot ?

SAINT-SIMON — Pas un seul. Le caractère bienséant de votre embarras en parlant au roi de votre rupture vous permettra de ne fournir aucun détail. Vous resterez dans le vague.

LE DUC D'ORLÉANS — Mais si le roi joint l'affaire d'Espagne à tout le reste ?

SAINT-SIMON — Comme vous n'en aurez pas touché un mot, le sort de Mme d'Argenton n'en sera ni pire ni meilleur.

LE DUC D'ORLÉANS, rouge de colère — Faire porter sur elle le poids de toute la faute offusque la conscience. Je ne peux consentir à cette manœuvre. Elle manque de probité. J'y vois un tour de courtisan.

SAINT-SIMON — Expliquez-moi ce qui vous heurte.

LE DUC D'ORLÉANS — Je lui trouve une fausseté indigne de ma naissance. De toute manière, il est inutile de s'y attarder. J'y réfléchirai si je me détermine à rompre, ce à quoi, croyez-moi, je suis très loin de me résoudre.

8

Saint-Simon et le duc d'Orléans se taisent, comme s'ils récupéraient de leur joute. Pourtant le duc d'Orléans semble agité par un fort désir de parler, sans y parvenir. Il se met à tourner dans la pièce, revient s'asseoir en soupirant, tisonne vaguement les braises.

Il se lève à nouveau, revient s'asseoir. Puis regarde Saint-Simon d'un air de souffrance.

SAINT-SIMON — Je sens bien, Monsieur, que vous souhaitez vous soulager d'une difficulté qui vous trouble. Je ne vous en presse pas, mais je vous supplie de considérer que vous êtes avec votre ami le plus sûr.

LE DUC D'ORLÉANS — C'est une chose trop difficile à confier.

SAINT-SIMON — Je suis là pour vous aider.

LE DUC D'ORLÉANS — L'idée du procès m'horrifie, mais parmi les solutions que vous me recommandez, il en est une qui me cause une répugnance invincible.

SAINT-SIMON — Parlez franchement. Fiez-vous à mon amitié.

LE DUC D'ORLÉANS — Il s'agit de ma vie de famille. La perspective d'y retomber en rompant avec Mme d'Argenton m'est insupportable.

SAINT-SIMON — Je comprends : vous avez peine à envisager un genre de vie dont vous n'avez jamais pris le temps de connaître les douceurs.

LE DUC D'ORLÉANS — Vivre avec ma femme, cette pensée m'inspire une aversion que je ne surmonterai jamais.

SAINT-SIMON — Monsieur, je m'attendais à cette réaction. Vous avez été marié contre votre gré sur l'ordre de votre oncle avec une de ses filles naturelles, et vos parents vous ont excité au dégoût de ce mariage.

LE DUC D'ORLÉANS — Vous appuyez sur un point qui m'est affreusement pénible.

SAINT-SIMON — Vous êtes ensuite tombé dans de mauvaises mains qui vous ont persuadé que marquer publiquement ce dégoût vous permettrait de conserver votre dignité. Et vous vous êtes perdu dans une passion qui occupe tout votre cœur et tout votre temps. Il était donc impossible que votre aversion envers votre épouse ne soit pas ce qu'elle est.

LE DUC D'ORLÉANS — Un irrépressible dégoût, à un point que vous ne pouvez concevoir.

SAINT-SIMON, parlant au duc comme un médecin à un malade — Sans doute. Mais maintenant, c'est à la sagesse qu'il revient de détruire l'ouvrage des passions et des mauvais conseils. C'est uniquement auprès de Mme la duchesse que vous trouverez le repos et votre dignité véritable.

LE DUC D'ORLÉANS — Cette vision me met au supplice.

SAINT-SIMON — Vous avez tort. Mme la duchesse d'Orléans est une femme admirable. Je ne connais personne qui s'exprime avec une éloquence aussi fine, qui écrive avec autant de justesse, ni qui sache entretenir avec autant de grâce la compagnie dont elle s'environne. Elle a cet esprit de Mme de Montespan, sa mère, qui ravit l'intelligence.

LE DUC D'ORLÉANS, se relevant brusquement pour aller et venir à nouveau — Et moi je ne connais personne qui soit aussi imbu de sa naissance et qui s'en flatte avec une fierté aussi déplacée. Déjà, avant que je ne l'épouse, elle me reprochait de n'être pas fils de roi. Elle ruisselait de ce mépris qu'elle continue de m'infliger du haut de sa bâtardise. Son éloquence, allons donc ! Je ne connais personne qui s'exprime avec autant de prétention, qui parle si lentement qu'on s'endort avant la fin de ses phrases, qui rougisse ou pleure pour un oui ou un non, ni qui passe ses journées alanguie sur des divans à médire de tous et de tout. Pensez-vous que si je la surnomme « Mme Lucifer », ce soit sans d'excellentes raisons ?

SAINT-SIMON, avec un sourire — Elle s'amuse de cette appellation, que vous-même trouvez plaisante.

LE DUC D'ORLÉANS — Oui, elle s'en amuse. Et il m'arrive d'en plaisanter moi-même. Mais cette épouse admirable me harcèle de sa morgue et de ses plaintes, et je ne le supporte plus.

SAINT-SIMON — Soyez indulgent. Le piquant de son esprit compense le pesant de ses défauts.

LE DUC D'ORLÉANS — Je lui voudrais moins de piquant et plus d'obligeance. Elle est plus rêche qu'une râpe. Entendre sa voix m'exaspère au-delà de toutes limites.

SAINT-SIMON — Monsieur, le bonheur qu'elle aura de votre retour apaisera ce qui vous rebute.

LE DUC D'ORLÉANS, cessant d'aller et venir — Et quel bonheur croyez-vous que je trouverai auprès d'elle ?

SAINT-SIMON — Celui d'une confidente, d'une alliée, d'un soutien à toute épreuve au sein d'une famille unie.

LE DUC D'ORLÉANS — Infaillible soutien ! Aussi solide qu'une poutre rongée par les vers.

SAINT-SIMON — Monsieur, vous jugez mal. Votre épouse a toujours montré une grande patience devant vos infidélités, et elle a toujours pris un vif intérêt à votre réputation.

LE DUC D'ORLÉANS — Je n'ai jamais éprouvé pour elle la moindre tendresse.

SAINT-SIMON — Je suis sûr qu'elle saura vous en inspirer.

LE DUC D'ORLÉANS, revenant s'asseoir — Ce serait nouveau. Je ne la visite que sous la condition qu'elle soit de bonne humeur. Autant vous dire que je la vois aussi souvent que je vais à confesse.

Saint-Simon préfère s'abstenir d'autres commentaires. Car la duchesse d'Orléans n'a pas que des qualités, tant s'en faut. Si on la compare à Mme d'Argenton, son portrait la dessert cruellement. Non que son apparence physique soit désagréable en toutes ses parties. Grande, un port majestueux, des cheveux châtains bien plantés, des yeux expressifs, une peau, des bras, des mains superbes, une poitrine avantageuse, une bouche bien dessinée, des dents saines et régulières quoique un peu trop longues. Mais, à côté de cela, un visage mafflu, un nez qui tombe, des sourcils presque sans poils, pelés, réduits à deux taches rosâtres, la tête toujours en train de branler comme celle d'une vieille femme, séquelle d'une petite vérole dans son enfance, avec un côté du corps plus bas que l'autre, d'où une démarche en déséquilibre. Encore est-ce, pour Saint-Simon, un angle d'appréciation secondaire. Ce qui lui déplaît surtout, c'est l'orgueil nobiliaire dont elle déborde, le ton tantôt impérieux, tantôt dolent sur lequel elle s'adresse aux gens de condition, sans même parler de ses domestiques, et la paresse qui la pousse à s'étendre du matin au soir sur son canapé où elle vide sa bile, entourée de dames de compagnie aussi disgracieuses que dociles qui ne peuvent lui faire ombrage ni séduire son mari.

Toutefois, dans le manque d'amour du duc d'Orléans, qui ne l'a pas empêché de lui faire huit enfants, la personnalité de la duchesse n'est pas seule en cause. La raison centrale remonte aux conditions de leur mariage. C'était en février 1692. Il a fallu obéir à la volonté obstinée de Louis XIV de diminuer la maison d'Orléans. Toujours cette défiance envers la branche cadette. Une volonté qui entraîne l'élévation continue des bâtards, ces rejetons légitimés que Saint-Simon abhorre, placés dans l'ordre des préséances devant les ducs et pairs par un abus de pouvoir en contradiction totale avec les règles les plus anciennes et les plus sacrées du royaume. Telle est la politique du monarque. Le mariage de son neveu avec Mlle de Blois, la deuxième de ses filles naturelles, s'est inscrit dans ce cadre. Pour Louis XIV, profondément marqué par la Fronde, l'enjeu majeur consiste à brider le pouvoir des Grands dans le but de hausser le sien et d'épargner à l'État le désordre de leurs prétentions.

Saint-Simon n'a qu'antipathie pour le mariage de Philippe d'Orléans. Il honnit les mésalliances, qui dénaturent les hiérarchies traditionnelles, socle de la monarchie française. Mais il réprouve avec une virulence toute particulière ce mariage que le duc d'Orléans n'a jamais digéré, non plus que son père, feu Monsieur, et encore moins sa mère, la Palatine, de sang purement royal, qui, en public, a retourné au jeune duc une gifle que tout le monde a entendue jusqu'au bout de la galerie quand elle a appris, ulcérée par cette union ignoble à ses yeux, qu'il l'avait acceptée sans murmure après que son oncle lui eut annoncé que, de gré ou de force, il épouserait Mlle de Blois. Celle-ci, qui avait quatorze ans, ne demandait pas mieux, elle ne voulait même que cela : épouser n'importe qui, pourvu qu'il fût de sang royal, comme le sien, mais parfaitement pur.

Il n'y a pas que la blessure de la mésalliance imposée. Dans la même logique, Louis XIV a toujours eu soin de borner les commandements militaires que son neveu était en droit d'obtenir. Les armées que le duc a conduites, en Italie comme en Espagne, avec une adresse d'autant plus remarquable qu'il manquait d'expérience, dépendaient en définitive de l'autorité du ministre de la Guerre et des maréchaux, essentiellement guidés par leurs ambitions personnelles. Il y a gagné de la gloire, et, par là, des jalousies intraitables, sans jamais bénéficier d'une liberté complète. Pour Saint-Simon, l'attitude du roi envers son neveu a amputé celui-ci de ses ailes. Il en est depuis longtemps convaincu : c'est de la limitation de son champ d'action légitime que découlent le désœuvrement de Philippe d'Orléans, sa désinvolture, sa léthargie, son incurable sentiment d'ennui, creuset des débauches où il dilapide ses incomparables talents.

Et maintenant, il y a ce procès et ses sinistres suites. Toutefois, Saint-Simon en est sûr : si le duc d'Orléans consent à quitter Mme d'Argenton, il se sortira du bourbier, parce que son oncle l'écoutera. Malgré sa dureté de vieillard opiniâtre, il lui rendra son affection. Il a le sens de la famille. En contrepartie de la mésalliance imposée à son neveu, pour faire passer le morceau, il a doté Mlle de Blois d'une montagne d'or, l'équivalent de deux millions de livres. Une fortune, mais qui n'a rien compensé. Pour Philippe d'Orléans, la blessure demeure, à vif.

Sans le crier sur les toits, Saint-Simon n'aime pas Louis XIV. Il se dit que le jour où il brossera le portrait de son règne, si du moins il obtient de lui un appartement à Versailles, indispensable poste d'observation pour dépeindre la vie à la cour, il appuiera férocement sur le manche du pinceau. Il composera un mélange de couleurs où, sans omettre les tons clairs par souci de mentionner les mérites du souverain, il réservera la priorité aux zones sombres, en soulignant les plus noires. Il tient à témoigner de ce règne pour lui sans vertu, sans honneur, indigne de ceux qui l'ont précédé. Il veut s'en faire le procureur au bénéfice des générations futures, afin qu'elles en tirent des leçons qui leur soient profitables, et qui servent au rétablissement des coutumes fondamentales du royaume de France. Il méprise ce régime bâti par le despote devant qui chacun tremble. Louis le Grand ! Soleil édenté ! Son intelligence au-dessous du médiocre, la boursouflure de sa vanité, l'air de paon qu'il arbore où qu'il aille, son maintien si rigide qu'il paraît fait de bois. Son insupportable défiance envers les ducs et pairs, les privilèges inouïs qu'il confère à ses bâtards malgré leur nullité, la gloire sanglante dont il se rengorge par les guerres incessantes qui affament le peuple, avec, pour couronner le tout, sa foi de charbonnier, grossière, ignorante, bourrée de singeries bigotes et de superstitions ridicules.

À quoi s'ajoutent Mme de Maintenon qui hait à tous crins le duc d'Orléans, tout comme Monseigneur, le Grand Dauphin, ce crétin aux yeux morts entassé dans sa graisse qui croasse contre lui, mortellement jaloux de ses capacités.

Des pensées qui le traversent, Saint-Simon ne trahit rien. La première qualité du courtisan accompli est de savoir masquer ses jugements. Se confier présente toujours un risque. Émotions, sentiments doivent rester tapis au fond de soi. Le bon courtisan est un être double, triple, une enveloppe à ne jamais décacheter. Ses paroles, son visage couvrent la vérité d'un voile qu'il craint d'ôter même dans l'intimité. Il n'a nulle part où se découvrir sans danger. Le théâtre de la cour ne baisse jamais le rideau. Certes, le duc d'Orléans connaît l'hostilité de Saint-Simon envers Louis XIV. Mais il la connaît à la marge, sans l'appréhender dans toute son étendue. Et de toute façon, même s'il la connaissait en détail, il n'en aurait cure.

9

SAINT-SIMON, mains jointes comme pour une prière — Monsieur, vous ignorez les joies d'un mariage heureux et les félicités d'une famille unie. Pour votre satisfaction la plus souhaitable, j'aimerais que vous goûtiez enfin ces bonheurs.

LE DUC D'ORLÉANS, exaspéré — Vous me tenez là un langage qui m'est aussi obscur que le galimatias des Précieuses.

SAINT-SIMON — Il est pourtant simple. Depuis plus de quinze ans que je partage la vie de Mme de Saint-Simon, pas un jour ne s'est écoulé sans que j'en remercie le ciel. Vous, à peine avez-vous aperçu Mme d'Argenton, qu'elle vous a brûlé les sangs, et ce feu vous a subjugué. Moi, Mme de Saint-Simon ne m'a pas tourné la tête. Nous nous sommes choisis pour des motifs raisonnables, renforcés par une attirance réciproque.

On s'imagine souvent qu'à la cour les mariages pèchent par manque d'amour, que les époux s'accordent mal. C'est faux. Bien des époux jouissent à Versailles d'une union des cœurs sans nuages. Mme de Saint-Simon m'est liée si étroitement que, lorsque Dieu nous rappellera à lui, nous reposerons pour l'éternité dans un tombeau où nos deux cercueils seront scellés par des chaînes de fer.

LE DUC D'ORLÉANS — Revenir vivre avec ma femme serait me coucher dans un cercueil avant de trépasser.

SAINT-SIMON — Vous ironisez, Monsieur, je le déplore. Un mariage réussi et une famille unie apportent le rare repos d'une vie paisible.

LE DUC D'ORLÉANS, soudain désespéré — À quel choix affreux prétendez-vous me contraindre !

Il se prend la tête entre les mains, et demeure prostré dans son fauteuil. Puis la porte s'entrouvre. Il redresse la tête. L'huissier s'avance d'un pas.

L'HUISSIER — Mademoiselle votre fille demande à s'entretenir avec Votre Altesse Royale.

LE DUC D'ORLÉANS — J'en suis au regret, mais je n'ai pas le temps.

L'HUISSIER — Elle se réjouirait d'embrasser Votre Altesse Royale.

LE DUC D'ORLÉANS — Dites-lui que j'en serais moi aussi très heureux. Je la chéris à l'extrême, mais le moment est mal choisi.

Il hésite, avant d'aller à la porte.

Saint-Simon observe la scène comme s'il était soudain frappé d'une illumination. Il se lève à son tour et marche jusqu'à l'échiquier posé sur une table basse.

Des voix confuses proviennent du cabinet par la porte entrouverte.

LE DUC D'ORLÉANS, à l'huissier — Peut-être peut-elle attendre ? Non ? En ce cas, dites-lui que j'aurai la joie de l'embrasser plus tard.

Se tournant vers Saint-Simon : Ma petite « Joufflotte » m'enchante. Elle est d'une fraîcheur printanière.

La porte se referme.

SAINT-SIMON — Mademoiselle a de bonnes joues, des yeux malicieux et un sourire exquis. Elle me plaît beaucoup.

LE DUC D'ORLÉANS — Il n'y a qu'elle qui puisse rivaliser dans mon cœur avec Mme d'Argenton.

SAINT-SIMON, debout près de la table où est posé l'échiquier — À ce propos, justement, Monsieur, permettez-moi une remarque. Il y a deux ans, je m'en souviens, le roi vous a parlé de Mademoiselle comme d'un parti qui pouvait convenir pour son petit-fils M. le duc de Berry.

LE DUC D'ORLÉANS — C'est exact.

SAINT-SIMON — Aujourd'hui, que pensez-vous faire de cette proposition ? Mademoiselle a quatorze ans. Sans aucun doute, après les grandes espérances que le roi a fait naître, tout autre gendre que M. le duc de Berry vous décevrait.

LE DUC D'ORLÉANS — J'en serais au désespoir.

SAINT-SIMON — Parfait. En ce cas, réfléchissez. En refusant de rompre avec Mme d'Argenton, vous ferez échouer ce projet. Et votre Joufflote, si vous me passez cette familiarité, sera privée du mariage, du rang et des honneurs auxquels elle mérite d'atteindre par sa naissance comme par ses charmes.

LE DUC D'ORLÉANS, l'air sombre — Monseigneur est le père du duc de Berry, il mettra son veto.

SAINT-SIMON — Pas du tout. Et quand bien même, peu nous importe.

LE DUC D'ORLÉANS — Je suis persuadé qu'il ne voudra rien entendre.

SAINT-SIMON — Monsieur, raisonnons.

Il s'assied sur un des deux tabourets et saisit, du bout des doigts, un pion blanc qu'il déplace de deux cases. Puis un second, noir, comme s'il entamait une partie.

Resté debout, le duc d'Orléans le regarde agir, intrigué.

SAINT-SIMON, pivotant pour s'adresser au duc — Vous avez connu vous-même, Monsieur, ce que pèse le veto d'un couple de parents résolument hostiles à une décision du roi. Les vôtres ont dû plier devant sa volonté. Si votre oncle le décide, ce mariage aura lieu. Dès lors, Monseigneur devra avaler la couleuvre, si grosse soit-elle.

LE DUC D'ORLÉANS — Il l'avalera sans broncher, oui, quitte à s'en étouffer.

SAINT-SIMON — Votre oncle a eu l'idée de ce mariage, elle lui convient donc. Il a toujours été constant dans ses choix. La guerre de succession d'Espagne où nous sommes actuellement l'empêche d'unir son troisième petit-fils à une princesse étrangère. Dans ces conditions, votre fille aînée, qui est de sang royal, représente le meilleur parti possible. Si vous revenez vers le roi, il reviendra au projet. Et il y reviendra d'autant mieux que, par ce geste, il vous récompensera de votre retour.

LE DUC D'ORLÉANS — Servir la cause de mon petit ange constitue pour moi un impératif cardinal.

SAINT-SIMON déplace un nouveau pion blanc — Très bien. Alors, songez à ceci : en plus de l'affreux danger qui vous menace, il n'existe aucun moyen de faire renaître le projet dont vous a parlé le roi, sinon la rupture que je vous ai proposée.

D'un geste bref, Saint-Simon saisit la dame noire et la renverse.

Puis lui substitue la dame blanche.

SAINT-SIMON — Il suffit de cette rupture, et tout sera réglé.

LE DUC D'ORLÉANS — Comme cela vous paraît facile ! Il suffit de cette rupture ! Comme s'il suffisait de la vouloir ! Comme si je pouvais m'y résoudre sans m'arracher le cœur !

SAINT-SIMON — Monsieur, si vous consentez à rompre, n'en parlerez-vous pas d'abord à Mme de Maintenon ?

LE DUC D'ORLÉANS — En parler à cette femme enragée à me nuire ?

SAINT-SIMON — Sans elle, rien ne sera possible.

LE DUC D'ORLÉANS, après avoir bien réfléchi — Oui, si j'y consens, il faudra que je lui parle.

Saint-Simon se lève du tabouret pour retourner près de la cheminée, où le duc le rejoint.
Ils se rassoient.

SAINT-SIMON — Ne tardez plus. Expliquez-vous avec elle de la même manière que je vous ai conseillée avec votre oncle. Répandez-vous en tendresse pour lui, insistez sur le fait que c'est uniquement cette tendresse qui vous force à sacrifier Mme d'Argenton. Et que c'est uniquement dans l'espérance de regagner ses bonnes grâces que vous vous imposez un effort aussi douloureux.

LE DUC D'ORLÉANS — Si je lui parle, oui, c'est ainsi que je m'exprimerai.

SAINT-SIMON — Cette femme et le roi aiment les pénitents qui viennent à eux la corde au cou. Avec eux, inutile de mener une vie décente. Il y a plein de gens irréprochables qui n'ont jamais rien pu obtenir d'eux, et de gens méprisables dont le faux repentir a flatté leur amour-propre et qu'ils ont récompensés par des fortunes éclatantes. Leur bigoterie les pousse à appliquer mal à propos la miséricorde de Dieu envers les pécheurs. Ils se rendent dupes du désir qu'on a de leur complaire. Au point où vous en êtes, ne vous gênez pas pour imiter ces faux pénitents. Chargez la barque à ras bord.

LE DUC D'ORLÉANS, accablé — Cela implique un sacrifice tellement déchirant.

SAINT-SIMON — Pensez à vous, pensez à Mademoiselle.

LE DUC D'ORLÉANS — Sans doute, sans doute…

SAINT-SIMON — Comptez-vous commencer par le roi ou par Mme de Maintenon ?

LE DUC D'ORLÉANS — Je n'en suis pas là.

SAINT-SIMON — Monsieur, vous hésitez encore ?

LE DUC D'ORLÉANS — Il est trop tôt pour que je prenne une décision. Mais quitte à choisir, je parlerai d'abord à la vieille ripopée, comme ma mère l'appelle. Cela lui donnera confiance, et l'engagera à mieux me faire valoir auprès de mon oncle.

SAINT-SIMON, horripilé — Soyez-en bien certain, si vous hésitez encore à prendre une décision, le procureur du roi la prendra pour vous.

LE DUC D'ORLÉANS — Ah, de grâce, laissez-moi respirer ! Vous êtes là à me presser… Dans un pareil dilemme, on ne se décide pas d'un coup.

SAINT-SIMON — D'un coup, Monsieur ! Voilà un bon moment que je lutte pour vous sauver. Alors permettez-moi de vous signaler que si vous souffrez du combat auquel je vous ai engagé, le mien est tout aussi pénible.

LE DUC D'ORLÉANS — J'ignore ce qui vous blesse, mais nos situations ne sauraient se comparer.

SAINT-SIMON — Détrompez-vous, elles se rejoignent. Vous n'avez à combattre que l'amour, et, j'en conviens, c'est un combat cruel pour un homme aussi passionnément épris. Mais songez à la peine que c'est d'attrister un ami. De lui dire des paroles dures et humiliantes. Et comprenez que cette peine est encore plus éprouvante quand le combat se déroule non pas entre des amis égaux, mais entre des amis d'une condition aussi disproportionnée que la mienne par rapport à la vôtre.

LE DUC D'ORLÉANS — Certes, votre rôle est ingrat.

SAINT-SIMON — Tout duc et pair que je sois, je suis, comme les autres, accoutumé à vous témoigner un respect absolu, à éviter les moindres choses qui pourraient, non pas seulement vous déplaire, mais vous plaire un tout petit peu moins. Et c'est encore plus vrai quand à ce profond respect s'en ajoute un autre, bien plus personnel, qui naît de l'admiration devant l'esprit, les capacités et les mérites de cet ami.

LE DUC D'ORLÉANS, lui prenant les mains — J'en suis vivement touché.

SAINT-SIMON — À partir de là, mesurez quelle nécessité m'a convaincu de vous parler comme je suis contraint de le faire. Au nom de Dieu, daignez ne pas m'accabler du poids de la douleur d'avoir combattu en vain !

LE DUC D'ORLÉANS — Je vous remercie de tout cœur, croyez-le. Mais si je me sépare de Mme d'Argenton, ce sera à la condition de la voir et de l'y préparer moi-même.

SAINT-SIMON, après un silence — À vrai dire, Monsieur, il est étrange et déplorable que, par faiblesse, vous laissiez perdre de si grands talents, vous, le seul homme de sang royal qui, par ses capacités à la guerre, peut sauver le royaume. (Haussant le ton :) Pardonnez-moi, mais je ne peux plus me retenir.

LE DUC D'ORLÉANS — Quoi encore ? Vous m'avez déjà piétiné !

SAINT-SIMON — Au risque de vous fâcher, je vous aime et je vous estime trop pour vous ménager davantage. (Se levant :) Monsieur, écoutez-moi. Si vous n'agissez pas avant ce soir, votre procès aura lieu et personne ne vous portera secours. Personne. Ni à la cour ni à la ville. Je ne peux plus vous taire le scandale inouï que vos comportements provoquent dans le public après les espérances que vous avez fait naître. Vous n'avez pas conscience du mépris et même de la rage qui se déchaînent contre vous.

LE DUC D'ORLÉANS — Je connais la fragilité de ma position. Le fait est là. Mais vous la noircissez à outrance.

SAINT-SIMON — Non, Monsieur, mille fois non. Votre libertinage a d'abord été supporté par égard pour votre jeunesse et pour ce que vous valez. Mais le monde est excédé de voir que ce libertinage empire sans que ni l'âge ni vos privilèges n'aient pu le changer. Et qu'il soit devenu non seulement concubinage, mais ménage public sans la moindre vergogne.

LE DUC D'ORLÉANS — C'est mon affaire, j'en suis seul juge.

SAINT-SIMON — Vous vous leurrez. Personne ne peut plus souffrir dans un petit-fils de France ce que le magistrat et la police auraient châtié depuis longtemps chez n'importe qui d'autre. Le public est d'autant plus révolté de s'être abusé sur les espérances qu'il plaçait en vous qu'il ne trouve personne en qui les placer aujourd'hui, dans la situation désastreuse dont souffre le royaume. Il recevra avec une satisfaction bruyante votre procès puis votre chute si, par faiblesse, vous ne les empêchez pas. À l'inverse, il reviendra vers vous avec une joie ardente s'il vous voit capable de rompre des liens aussi scandaleux que ceux que vous avez noués avec votre maîtresse, et si vous vous attachez enfin à vos devoirs. Votre grandeur vous oblige, vous la trahissez par votre incurie. Vous avez plongé dans la boue et le déshonneur sans retenue. N'acceptez plus de salir votre nom. Cessez de vous ébattre dans la bauge où vous oubliez celui que vous devriez être. Quittez ces désordres indignes de votre rang. C'est ainsi, et pas autrement, que vous vous laverez des souillures qui vous ont défiguré.

Saint-Simon se rassoit.

LE DUC D'ORLÉANS — Eh bien, voilà une fameuse secousse.

Il souffle un grand coup.
Saint-Simon le considère, impassible.

LE DUC D'ORLÉANS — Empoigné et remué comme une pièce de bœuf.

SAINT-SIMON — Il le fallait. Maintenant, Monsieur, ne voulez-vous pas envoyer chez

Mme de Maintenon pour qu'elle vous donne audience ?

LE DUC D'ORLÉANS — C'est au-dessus de mes forces. Je ne peux m'y résoudre.

SAINT-SIMON, se relevant d'un bond — Vous avez vu de tout temps, et vous voyez encore, Monsieur, le lustre qui accompagne les personnes à qui le roi manifeste estime et amitié. Leur situation fait l'objet de l'envie des uns, de l'émulation des autres et des désirs de tous. Votre naissance grossissait votre cour de ces grands personnages sur lesquels la faveur du roi vous donnait autorité. De là le respect, la crainte, la soumission que vous montraient ces personnes par ailleurs pleines d'arrogance. D'un autre côté, vous voyez des seigneurs que leur naissance, leur famille, leurs emplois et leurs dignités portaient aux distinctions propres à leur état, mais que leurs débauches ont avilis, et qui, s'étant ensevelis dans la fange, ont été abandonnés à leur propre honte et à leur misère, et rejetés de tout le monde. Auxquels, Monsieur, des premiers ou des seconds préférez-vous ressembler ?

LE DUC D'ORLÉANS — La réponse va de soi.

SAINT-SIMON — Alors, ne vous y trompez pas : plus votre proximité avec le trône vous élève et joint à votre éclat l'autorité que celui-ci vous confère, plus la perte de ces privilèges par le scandale de votre vie vous fera tomber plus bas encore que ces seigneurs enterrés sous le poids du mépris. C'est désormais à vous, Monsieur, de choisir entre ces deux états. Car après avoir perdu tant d'années et encore aggravé ce qu'on vous reproche par l'affaire d'Espagne, votre procès scellera la pierre du tombeau où vous vous serez enfermé. Vous n'aurez plus aucun secours à attendre, ni de vous-même ni de personne.

LE DUC D'ORLÉANS baisse la tête — Vous avez raison, je le sais bien.

SAINT-SIMON — Envoyez chez Mme de Maintenon pour qu'elle vous reçoive.

Le duc d'Orléans se précipite à la porte, l'ouvre, et crie pour se faire entendre de ses gens.

L'huissier se présente.

LE DUC D'ORLÉANS, à mi-voix — Allez chez Mme de Maintenon, demandez-lui si et à quelle heure je pourrai lui parler aujourd'hui même.

Il revient se jeter avec accablement dans son fauteuil.

SAINT-SIMON — Avez-vous envoyé chez Mme de Maintenon ?

LE DUC D'ORLÉANS — C'est fait.

SAINT-SIMON — Dieu soit loué !

LE DUC D'ORLÉANS — Quelle heure est-il ?

SAINT-SIMON — Midi bientôt.

LE DUC D'ORLÉANS — Je dois me rendre chez le duc et la duchesse de Bourgogne. Retrouvez-moi ici après le déjeuner du roi.

Il sort, suivi de Saint-Simon.

10

Saint-Simon entrouvre la porte de l'arrière-cabinet et entre d'un pas léger, avec sur le visage un contentement visible : Mareschal lui a fait savoir que Louis XIV lui accorderait audience avant la fin de la semaine. Ce pourra être ce lendemain jeudi, aussi bien que vendredi ou samedi. Le roi dispose du temps de ses sujets comme de leurs biens : tout lui appartient. Son humeur est souveraine. Elle dicte la décision, parole jupitérienne. Pour être informé du jour et de l'heure où il sera reçu, Saint-Simon devra se présenter chaque soir, parmi les courtisans, au souper du souverain qu'il admire et méprise.

Dans l'arrière-cabinet, il examine avec une moue de réprobation l'estampe où une sirène à demi nue enlace dans un coquillage un chérubin aux griffes de dragon. Ce n'est pas qu'il soit choqué par l'estampe, simplement il la juge malvenue dans l'appartement du prince. D'ailleurs, il n'apprécie pas davantage le tableau où figurent le crâne, le crucifix et le jeu de tarot. Superstition, magie, sorcellerie, autant d'insultes à la gloire de Dieu.

Un valet a remis des bûches dans la cheminée, où flambe un feu vigoureux.

Le duc d'Orléans entre à son tour. Il paraît pressé, ne cherche pas à s'asseoir. Sa mine habituellement souriante a perdu toute fraîcheur. L'impression de majesté qu'il tient de sa naissance royale l'emporte sur sa bonhomie naturelle.

En réponse à son salut marqué d'un bref signe de tête, Saint-Simon s'incline et reste debout devant lui.

LE DUC D'ORLÉANS — Je n'ai guère de temps à vous accorder. La galerie est remplie de gens qui viennent m'importuner de leurs visites pour la nouvelle année. Ce midi, c'est à peine si j'ai pu me restaurer d'une tourte aux écrevisses et d'une poêlée de champignons.

SAINT-SIMON — C'est mieux que moi, Monsieur, j'ai jeûné. Mais, dites-moi, avez-vous vu Mme de Maintenon ?

LE DUC D'ORLÉANS — J'en viens.

SAINT-SIMON — Vous en venez ! Et vous l'avez vue ?

LE DUC D'ORLÉANS — Oui, je l'ai vue.

SAINT-SIMON — Et vous lui avez parlé ?

LE DUC D'ORLÉANS — Oui, je lui ai parlé.

SAINT-SIMON — Et vous lui avez tout dit ?

LE DUC D'ORLÉANS — Bien sûr, je lui ai tout dit.

SAINT-SIMON — Et en êtes-vous content ?

LE DUC D'ORLÉANS — Très content. On ne peut pas l'être davantage. J'ai été près d'une heure avec elle. Elle a été extrêmement surprise et tout à fait ravie.

Le duc d'Orléans dévisage Saint-Simon.

SAINT-SIMON — Pourquoi me regardez-vous ainsi ?

LE DUC D'ORLÉANS — Je suis tracassé par une chose qui vous concerne.

SAINT-SIMON — Une faute dont je serais coupable ?

LE DUC D'ORLÉANS — Une félonie.

SAINT-SIMON — C'est impossible.

LE DUC D'ORLÉANS — Je regrette d'avoir à vous le dire, mais je ne peux m'en dispenser. Faites-moi l'amitié de me répondre franchement.

SAINT-SIMON — Monsieur, sur mon âme, je vous le promets.

LE DUC D'ORLÉANS — Cette femme m'a parlé comme vous. Dans le même sens et de la même façon. Elle m'a dit les mêmes choses, les mêmes phrases, avec les mêmes mots. Je vous le demande : est-ce qu'elle vous avait parlé avant ? Ou bien vous avait-elle chargé de me parler ?

SAINT-SIMON — Absolument pas.

LE DUC D'ORLÉANS — Pourtant, elle m'a tenu le même langage. Exactement le même. En toute franchise, n'avez-vous pas concerté avec elle le langage à me tenir ?

SAINT-SIMON — Je vous certifie, Monsieur, que je vous ai parlé de mon propre mouvement. Le roi et cette femme non seulement ne m'ont pas parlé et ne m'ont rien ordonné de vous dire, mais ils ne peuvent pas savoir le moindre mot de ce qu'il s'est passé.

LE DUC D'ORLÉANS — Me l'assurez-vous ?

SAINT-SIMON — Sur l'honneur.

LE DUC D'ORLÉANS — Bien. Je vous avoue que j'ai été frappé de cette conformité entre votre discours et celui de cette femme.

SAINT-SIMON — En réalité, il n'y a pas lieu de s'en étonner. La coïncidence s'explique aisément : la vérité est une, elle s'exprime donc dans des termes identiques.

Le duc d'Orléans s'avance vers le fauteuil qu'il a occupé depuis le début de la visite de Saint-Simon, avant de se raviser.

LE DUC D'ORLÉANS — Pour tout vous dire, j'ai pensé que mon oncle l'avait chargée d'intervenir dans l'affaire qui nous occupe.

SAINT-SIMON — Par pitié, Monsieur, oubliez cette crainte. J'ignore si votre oncle et Mme de Maintenon se sont concertés, mais dans quel but l'auraient-ils fait ? En tout cas, soyez certain qu'ils ne m'ont approché d'aucune manière.

LE DUC D'ORLÉANS — Je vous crois.

SAINT-SIMON — Votre confiance me touche. Mais maintenant, êtes-vous décidé à parler au roi ?

LE DUC D'ORLÉANS — Pas encore.

SAINT-SIMON — Comment cela, pas encore ? Vous continuez à hésiter ?

LE DUC D'ORLÉANS — Si je lui parle, ce sera avant son souper. Je m'arrangerai pour être seul avec lui. Revenez ce soir vers huit heures, vous verrez bien.

Le duc d'Orléans sort, tandis que Saint-Simon prend le temps d'arranger sa perruque d'un air satisfait avant de sortir à son tour.

11

À présent Saint-Simon, assis dans l'arrière-cabinet, se chauffe près de l'âtre. Il songe au message que Mareschal lui a fait passer, et il s'amuse intérieurement des précautions qu'il devra prendre avant de paraître devant le roi lors de l'audience à venir. S'abstenir de fumer la pipe pour ne pas sentir le tabac — Louis XIV déteste l'odeur du tabac. Ne pas trop se parfumer — Louis XIV déteste les parfums autant que l'odeur du tabac. Ne pas arriver coiffé d'un chapeau gris — Louis XIV a horreur des chapeaux gris. Quel paradoxe fait homme, ce monarque impassible, d'une parfaite politesse, qui s'adresse à tout un chacun d'un ton toujours égal, prête l'oreille avec bonté aux requêtes et aux plaintes lors des audiences qu'il accorde, et s'est mis une seule fois en colère publiquement, brisant sa canne sur le dos d'un valet surpris à dérober un biscuit. Mais c'est le même personnage, pantin emperruqué à la poigne tyrannique, qui détruit un grand seigneur pour peu qu'il y trouve avantage, qui joue avec un cynisme d'acier des grâces et des disgrâces, et qui s'apprête, machine implacable, à traîner son neveu devant une justice aux ordres sous l'accusation absurde de haute trahison pour le punir, entre autres motifs, de s'exhiber avec sa maîtresse aux dépens de l'épouse insupportable qu'il lui a imposée près de vingt ans plus tôt, alors que lui-même, toute honte bue, s'est sans cesse avancé sur la scène du monde en champion des amours adultères.

Saint-Simon se pince pour réussir à croire que Mareschal lui a obtenu, au moins dans le principe, le privilège d'une audience. Il pourra s'expliquer sur ce qu'on lui reproche, et, à l'issue de l'entretien, convaincre Louis XIV de lui accorder au château l'appartement dont il a besoin pour étudier la cour dans ses replis les plus secrets et en déchiffrer les mœurs au profit de la postérité.

Il en est là de ses considérations quand le duc d'Orléans entre dans la pièce.

Il se lève aussitôt.

Le duc d'Orléans tire un mouchoir d'une de ses poches et se mouche.

SAINT-SIMON — Monsieur, vous avez pris froid, vous devriez vous vêtir plus chaudement.

LE DUC D'ORLÉANS — Personne n'y échappe. Ce château est un ramassis de vents coulis et d'escaliers battus de courants d'air glacés.

SAINT-SIMON — Ma foi, je ne le sais que trop. Je quitte à l'instant Mme de Saint-Simon. Elle s'habille dans le réduit qu'on nous prête. Impossible d'y enfiler une robe sans se cogner aux murs, ni grelotter à se fendre les mâchoires.

LE DUC D'ORLÉANS, avec une indifférence polie — Si mon oncle daigne vous accorder l'audience que vous sollicitez, veillez à lui demander un logement confortable. Il aura sûrement la bonté de vous faire cette faveur.

SAINT-SIMON — Je ne manquerai pas de l'en prier. Il me recevra avant la fin de la semaine.

LE DUC D'ORLÉANS — Sa complaisance vous honore.

SAINT-SIMON — J'apprécie hautement cet honneur. Je n'osais l'espérer. Mais, Monsieur, revenons à vous. Sa Majesté soupe dans deux heures. Le temps presse. Vous êtes-vous résolu à lui parler avant ?

LE DUC D'ORLÉANS — Non.

SAINT-SIMON — Comment cela, non ?

LE DUC D'ORLÉANS — Je n'irai pas.

SAINT-SIMON — Vous n'êtes pas résolu à lui parler ?

LE DUC D'ORLÉANS — C'est inutile.

SAINT-SIMON — Et pourquoi donc ?

LE DUC D'ORLÉANS — Parce que c'est fait.

SAINT-SIMON — C'est fait ? Comment l'entendez-vous ? C'est fait parce que tout à l'heure vous avez parlé à Mme de Maintenon ?

LE DUC D'ORLÉANS — Non, j'ai parlé à mon oncle.

SAINT-SIMON — Et vous lui avez dit tout ce que vous vouliez lui dire ?

LE DUC D'ORLÉANS — Oui, je lui ai tout dit.

SAINT-SIMON — Monsieur, que je vous aime ! Et comment avez-vous fait ?

LE DUC D'ORLÉANS — Ayant parlé à sa commère qui m'avait reçu si aimablement, comme je me défiais de moi-même et que je préférais ne plus attendre, je suis entré vers six heures dans son cabinet. Il travaillait. Ah, je n'en puis plus.

SAINT-SIMON — N'êtes-vous pas content de lui ?

LE DUC D'ORLÉANS — Non, pas du tout.

SAINT-SIMON — Cette réponse me consterne. Je la prévoyais bien différente.

LE DUC D'ORLÉANS — Je souffre de tout cela à un point incroyable.

SAINT-SIMON — Mais que s'est-il passé ?

Le duc d'Orléans s'assied lourdement près du feu, tandis que Saint-Simon reste debout, légèrement de trois quarts par rapport à lui, tout ouïe.

Le duc a du mal à entamer son récit.

SAINT-SIMON, d'une voix douce — Eh bien, Monsieur ?

LE DUC D'ORLÉANS — Attendez, ne me pressez pas.

Il respire avec peine.

S'asseyant devant lui, Saint-Simon l'encourage à poursuivre.

LE DUC D'ORLÉANS — Je suis entré dans son cabinet, il m'a demandé d'un air sévère ce que je lui voulais. J'ai insisté pour lui parler en tête à tête, et il a pris un air encore plus renfrogné.

SAINT-SIMON — C'est qu'il ne s'attendait pas à votre visite. Il exige que chaque moment de sa journée soit minutieusement prévu.

LE DUC D'ORLÉANS — Peut-être. En tout cas, je lui ai appris ma résolution en lui disant qu'elle était causée par la douleur de lui déplaire. Puis je l'ai prié de faire dire à Mme d'Argenton de sortir de Paris, mais de lui épargner la honte d'une lettre de cachet. Il m'a paru surpris, mais nullement réjoui. Il m'a félicité froidement en me disant qu'il y a longtemps que j'aurais dû mettre fin à une vie aussi scandaleuse. Il a ajouté qu'il consentait à faire sortir de Paris Mme d'Argenton sans lettre de cachet. Après quoi, il m'a fait signe de me retirer. Voilà comment les choses se sont passées.

SAINT-SIMON — Sa rudesse, à mon avis, venait moins d'un éloignement irréparable que d'un moment mal choisi et de la surprise, qui sont les deux choses qui le contrarient le plus.

LE DUC D'ORLÉANS — Par Dieu, tout cela me tue.

SAINT-SIMON, d'un ton courtois mais ferme — Pourtant, il serait bon d'apprendre à madame votre épouse une nouvelle qui la regarde de près. Vous en sentez-vous capable ?

LE DUC D'ORLÉANS — Vous me demandez l'impossible.

SAINT-SIMON — Monsieur, vous avez tort.

LE DUC D'ORLÉANS — Je me refuse à la voir de toute la soirée. Elle s'applaudirait d'apprendre la nouvelle. Sa joie me serait odieuse.

SAINT-SIMON — Pardonnez-moi d'être d'un sentiment contraire. Je la crois plus propre à partager votre chagrin qu'à vous montrer une joie déplacée.

LE DUC D'ORLÉANS, abattu — Le point a été abordé avec Mme de Maintenon. Cette femme me hait, mais elle a du jugement. Elle m'a conseillé de ne pas voir mon épouse plutôt que de la voir à contrecœur. N'insistez pas.

La porte s'entrouvre. Bruits de voix dehors.

L'HUISSIER — Ce sont les gens du Parlement, Monsieur, qui se présentent pour le renouvellement de l'année.

LE DUC D'ORLÉANS, après s'être mouché — Qu'ils patientent, je vais les recevoir.

Il se passe la main sur le front avant de se relever péniblement et de se tourner vers Saint-Simon.

12

Dans l'arrière-cabinet, qui n'a pas de fenêtre, on ne peut s'en rendre compte, mais la nuit est tombée. Le feu crépite dans l'étroite cheminée, où la chaleur commence déjà à décroître.

LE DUC D'ORLÉANS, voûté de douleur et de fatigue — Après avoir reçu ces messieurs, je me rendrai chez la duchesse de Ventadour pour qu'elle annonce à Mme d'Argenton la décision qu'il m'a fallu prendre. Elles sont assez amies pour qu'elle sache lui présenter la chose en douceur. Quant à Mme d'Argenton, jugez si je compte la maltraiter : je vais lui assurer quarante-cinq mille livres de rente, dont presque tout le fonds appartiendra au fils qu'elle m'a donné et que j'ai fait légitimer. Il lui restera plus de quatre cent mille livres de pierreries et d'argenterie. Je me chargerai de toutes ses dettes. Enfin, elle conservera l'ensemble de ce que je lui ai offert. Le total dépassera les deux millions de livres. Je vais la déchirer autant que je le suis, mais je ne pense pas qu'elle puisse prétendre à une plus grande libéralité.

SAINT-SIMON — Votre libéralité, Monsieur, surpasse celle des plus grands seigneurs. Elle est prodigieuse.

À bout de forces, le duc d'Orléans retombe dans son fauteuil.

SAINT-SIMON, avec ferveur — Malgré la misère qui accable le royaume, j'approuve votre libéralité, Monsieur, parce qu'elle me rassure. Si puissant prince que vous soyez, une telle brèche dans votre fortune vous rendra sage. Et la sagesse vous rendra heureux.

LE DUC D'ORLÉANS, entre ses dents — Discours de curé.

SAINT-SIMON, qui fait mine de ne pas avoir entendu — Monsieur, ne voulez-vous pas voir votre épouse ce soir même ?

LE DUC D'ORLÉANS — Il suffit. Je n'en puis plus.

SAINT-SIMON — Consentez à produire un dernier effort.

LE DUC D'ORLÉANS — Vous m'exténuez.

SAINT-SIMON — L'affaire ne réclame que cette ultime épreuve.

LE DUC D'ORLÉANS — Eh bien soit ! Buvons le calice jusqu'à la lie. Je la verrai et lui annoncerai la rupture.

SAINT-SIMON — Merci, Monsieur. Merci pour vous. Je mesure votre douleur, et j'admire votre courage.

LE DUC D'ORLÉANS — À quel prix…

SAINT-SIMON — Celui de votre salut.

LE DUC D'ORLÉANS — Il est trop cher payé.

SAINT-SIMON — C'est le prix à payer pour être innocent.

À côté, le cabinet est rempli de monde. On entend, assourdies, les bottes des officiers de la garde claquer sur le parquet parmi les voix des gens du Parlement.

LE DUC D'ORLÉANS — Je souffre comme un damné.

SAINT-SIMON — Oui, Monsieur, vous souffrez, mais, voyez, la menace d'un procès réussit des miracles.

Saint-Simon s'interrompt brusquement.

SAINT-SIMON — D'ailleurs, c'est à se demander…

LE DUC D'ORLÉANS, grimaçant — Se demander quoi ?

SAINT-SIMON — Si tel n'était pas le but.

LE DUC D'ORLÉANS — Quel but ? Je ne comprends pas ces mystères.

SAINT-SIMON — L'annonce d'un procès. Je ne doute pas des ravages de la calomnie. Rien n'est plus pernicieux ni plus infâme. En même temps, je m'interroge. Cette annonce d'un procès…

LE DUC D'ORLÉANS — Eh bien ?

SAINT-SIMON — Je me demande si l'avis que j'en ai reçu n'était pas destiné à vous en avertir pour vous remettre dans le droit chemin. Vous menacer suffisait peut-être.

Saint-Simon marche lentement jusqu'à l'échiquier, se saisit d'une figurine. Il la caresse d'un air songeur, comme si elle renfermait une réponse à sa question. Puis il replace la figurine, enveloppe du regard l'échiquier, et, toujours songeur, retourne auprès du duc.

SAINT-SIMON — J'en viendrais presque à croire qu'on s'est servi de notre amitié pour me charger d'un message que personne d'autre ne pouvait porter, et dont personne d'autre n'aurait pu vous convaincre. Car il est certain qu'une violente menace valait mieux qu'un nouveau scandale.

Il considère attentivement le duc d'Orléans, qui l'écoute à peine.

SAINT-SIMON — En matière politique, menacer d'un désastre vaut mieux que le provoquer, et les conséquences de votre procès auraient embarrassé le trône. Les rois pas plus que les républiques n'aiment les scandales inutiles.

LE DUC D'ORLÉANS, d'une voix éteinte — Apparence ou réalité, que m'importe ?

L'huissier toque à la porte, qu'il entrouvre. Saint-Simon s'approche et lui parle à voix basse. L'huissier referme la porte. Saint-Simon revient vers le duc d'Orléans qui s'est enfoui la tête entre les mains.

SAINT-SIMON — Monsieur, j'ai fait prévenir votre épouse. Vous pourrez la voir après avoir reçu les messieurs du Parlement. Ensuite, tout sera terminé. (Joignant les mains :) Vous êtes sauvé.

LE DUC D'ORLÉANS — Je n'en éprouve aucun soulagement.

SAINT-SIMON — Vous voilà enfin délivré d'une terrible cabale.

LE DUC D'ORLÉANS, dans un souffle — Cette affaire m'a anéanti.

SAINT-SIMON — Mais vous êtes sauvé. Monsieur, vraie menace ou faux procès, ne cherchons pas plus loin. Les voies de la raison d'État sont impénétrables.

Après sa rupture avec Mme d'Argenton, le duc d'Orléans retrouva la confiance de Louis XIV et, sans abandonner sa vie de plaisirs, respecta mieux les formes avec son épouse. Même s'il eut d'autres maîtresses, Mme d'Argenton fut la seule femme qu'il aima.

Sa fille « Joufflotte » épousa le duc de Berry, troisième petit-fils de Louis XIV, le 5 juillet 1710. Ce fut un mariage malheureux, la duchesse de Berry étant d'une nature licencieuse et fantasque.

Après la mort de Louis XIV le 1er septembre 1715, le duc d'Orléans devint régent du royaume jusqu'au sacre de Louis XV le 25 octobre 1722.

Obèse, malade, le duc d'Orléans meurt d'apoplexie le 2 décembre 1723 à Versailles.

Saint-Simon sortit rassuré de son audience avec Louis XIV, qui n'avait rien de sérieux à lui reprocher. Mais il n'obtint pas d'appartement au palais lors de cette audience.

Il en recevra un quelques mois plus tard, son épouse ayant été nommée dame d'honneur de la duchesse de Berry.

Il s'éloignera de la cour à la mort du Régent pour vivre essentiellement dans son château de la Ferté-Vidame.

Mme de Saint-Simon meurt, sans doute de la grippe, le 21 janvier 1743, à l'âge de 64 ans.

Les deux fils du couple meurent successivement en 1746 et 1754.

Ayant achevé en 1749 la rédaction de ses Mémoires commencés dix ans plus tôt mais publiés posthumes, Saint-Simon, resté seul avec sa fille contrefaite, meurt oublié de la cour le 2 mars 1755 dans sa maison de Paris, âgé de 80 ans.

DANS LA MÊME COLLECTION

Les Attentifs, Marc Mauguin, 2017
Tu seras ma beauté, Gwenaële Robert, 2017
Les Uns, les autres, collectif, 2018
1 144 livres, Jean Berthier, 2018
Le Roman ivre, Isabelle Stibbe, 2018
Le Dernier Bain, Gwenaële Robert, 2018
Intérieur jour, Marc Dugain, 2018
Le Modèle oublié, Pierre Perrin, 2019
Mes nuits apaches, Olivier Martinelli, 2019
La Bruyère, portrait de nous-mêmes,
Jean-Michel Delacomptée, 2019
Un beau désordre, Marco Caramelli, 2020
Never Mind, Gwenaële Robert, 2020

Composition réalisée
par Rosa Beaumont

MIXTE
Papier
FSC FSC® C003309

L'éditeur de cet ouvrage s'engage dans une démarche
de certification FSC® qui contribue à la préservation
des forêts pour les générations futures.

Imprimé en France par EPAC Technologies
N° d'impression : 4550414332520
Dépôt légal : janvier 2021